小学生成长必读系列【第三辑】

小学生学会自立的100个故事

主编：高长梅

九州出版社 JIUZHOUPRESS | 全国百佳图书出版单位

图书在版编目(CIP)数据

小学生学会自立的100个故事 / 高长梅主编 . – 北京 : 九州出版社 , 2010.2（2021.7 重印）

（“读 · 品 · 悟”小学生成长必读系列． 第3辑）

ISBN 978-7-5108-0243-0

Ⅰ．①小 … Ⅱ．①高 … Ⅲ．①故事—作品集—世界 Ⅳ．① I14

中国版本图书馆CIP数据核字(2010)第014916号

小学生学会自立的100个故事

作　　者　高长梅　主编
出版发行　九州出版社
地　　址　北京市西城区阜外大街甲35号(100037)
发行电话　(010)68992190/3/5/6
网　　址　www.jiuzhoupress.com
电子信箱　jiuzhou@jiuzhoupress.com
印　　刷　北京一鑫印务有限责任公司
开　　本　720毫米 × 1000毫米　16开
印　　张　10
字　　数　130千字
版　　次　2010年3月第1版
印　　次　2021年7月第13次印刷
书　　号　ISBN 978-7-5108-0243-0
定　　价　29.80元

Contents 目录

1 你不能施舍给我翅膀

帝王蛾的幼虫时期是在一个洞口极狭小的茧中度过的，它娇嫩的身躯必须拼尽全力才能破茧而出，太多太多的幼虫在往外冲杀的时候力竭身亡。有人用剪刀把茧子的洞口剪大，使幼虫能轻易地钻出。但是，得到救助的蛾子却只能在地上笨拙地爬行。原来，那狭小茧洞恰是帮助帝王蛾幼虫两翼成长的关键所在，穿越的时刻，通过外力挤压，帝王蛾才能振翅飞翔，否则，将永远与飞翔绝缘！

只有依靠自己的力量穿透命运设置的重重险阻，才能射向那寥廓美丽的长天……

2 梦想皆有神助

他从小生得呆笨，12岁时，他梦到有位国王给他颁奖，因为他的作品被诺贝尔看上了。妈妈说，假如这真是你的梦，你就有出息了！听说，当上帝把一个不可能的梦，放在谁的心中时，就是真心想帮助谁完成的。男孩信以为真，从此他喜欢上了写作。

终于有一天，瑞典皇家文学院宣布：把2002年的诺贝尔文学奖授予匈牙利作家凯尔泰斯·伊姆雷。他听到后大吃一惊，因为这正是他的名字。

目录

梦想皆有神助！伊姆雷是新世纪第一位证明人，将来一定还有第二位、第三位……

3 不让世界改变自己

花园里，一棵小橡树愁容满面。它在想：我是谁？苹果树对它说："如果你真是努力了，一定会结出美味的苹果！"玫瑰花则说："你开出玫瑰花来才好，你看多漂亮！"小树拼命努力想和别人一样，却总是觉得自己失败。一天，智者来到了花园，听了小树的困惑后说："你就是你自己，你要试着了解你自己，要想做到这一点，就要倾听自己内心的声音。"

在生活中，所有人都有自己需要完成的使命和属于自己的位置，不要让任何事或任何人阻止我们认识和享受我们存在的美妙。

4 没有一种草不是花朵

一天，在美国的一个公园里，来了一位卖气球的老人。一个黑人小孩用略带恳求的语气问老人：“您能卖给我一个气球吗？”“当然可以，”老人慈祥地打量了他一下，递给了他一个黑色的气球。小孩开心地接过气球，小手一松，气球在微风中冉冉升起。

老人一边看着上升的气球，一边用手轻轻地拍了拍小孩的后脑勺说：“记住，气球能不能升起，不是因为它的颜色、形状，而是气球内充满了氢气；一个人的成败，不是因为种族、出身，关键是你的心中有没有自信。”

5 卖鸡蛋的小学生

在美国，一位中国作家偶然遇到一位6岁的卖鸡蛋的男孩泰勒。他来到了泰勒家，这是一个相当殷实的家庭。泰勒的母亲说：“去年，泰勒拿几个鸡蛋孵出了小鸡，慢慢地长大了。以后他又弄来一些鸡蛋，终于孵出12只母鸡，2只公鸡。他每天放学，首先跑到鸡舍，忙着添水加食，打扫鸡舍卫生。今年春天母鸡开始下蛋了，到现在，他卖鸡蛋已经挣了100多美元。”

如果我们从小就养成热爱劳动的好习惯，我们就能用自己的双手装扮我们美好的生活。

目录

6 你的尊严要靠你自己争取

那天,他父亲让伙计过去一下。伙计边跑边把正燃着的烟塞进裤子口袋,一会儿,裤子开始冒烟,但父亲什么都没有说,直到伙计汇报完工作狼狈地离开。他愤怒地对父亲大喊:“你怎么能这样对待别人!”父亲心平气和地对他说:“我没有让他把烟斗放进口袋,桌子上有烟灰缸,他也可以把烟头扔到门外,甚至可以继续抽烟,但他选择了口袋。”见他没怎么听明白,父亲又说:“你应该知道,每一个人都有尊严。不要为了别人的脸色而自卑。记住,永远不要低三下四。”

7 终生努力,便成天才

俄国著名化学家门捷列夫是化学元素周期律的发现者之一,他把自己一生的精力,都用在科学研究上。晚年时,他双目半盲,但仍然奋斗不息。他从清晨一直工作到下午五时半,六时吃“中饭”,饭后又继续写作到深夜。他是逝世在书桌前的,手里还紧握着笔。

有多少父母希望自己的孩子是天才？有多少孩子在做着“天才梦”？然而，现代社会就像一个快速旋转着的大转盘，每一分努力都等于与这个大转盘之间的吸附力，要想不被甩出局，必须学会终生成长。终生努力，便成天才！

8 暴风雨是一个筛子

他出生农家，最深的记忆只有“穷”和“苦”这两个字。他四处打工，贫穷却始终如影随形。他绞尽脑汁想了好多门路，结果都失败了。20岁那年，他在研究怎样减少蔬菜的营养损失时，脑子里灵光一现：“如果将干蔬菜和豆类放在一起磨，那将会怎么样？……”他立即付诸行动，着手磨那种汤科——速溶汤料，结果大获成功，迅速畅销整个欧洲市场。

生活像一个石磨，每个人都难免要绕着磨道苦苦挣扎，但只要我们无所畏惧，就一定能磨出一段精彩的人生，磨出化茧成蝶的灿烂辉煌。

仅有欲望不足以得胜，要立刻行动，要自立自强，要开发属于自己的那一片沃土——潜能。

第1辑 你不能施舍给我翅膀

帝王蛾的幼虫时期是在一个洞口极狭小的茧中度过的，它娇嫩的身躯必须拼尽全力才能破茧而出，太多太多的幼虫在往外冲杀的时候力竭身亡。有人用剪刀把茧子的洞口剪大，使幼虫能轻易地钻出。但是，得到救助的蛾子却只能在地上笨拙地爬行。原来，那狭小茧洞恰是帮助帝王蛾幼虫两翼成长的关键所在，穿越的时刻，通过外力挤压，帝王蛾才能振翅飞翔，否则，将永远与飞翔绝缘！

只有依靠自己的力量穿透命运设置的重重险阻，才能射向那寥廓美丽的长天……

没有人会带你去钓鱼 文 佚 名

仅有欲望不足以得胜，我要立刻行动，要自立自强，自己开发属于自己的那一片沃土——潜能。

潜能激励专家魏特利曾经说过这样一句话：在开发潜能时，没有人会带你去钓鱼。

魏特利有幸在年少时，便学会了自立自强。他父亲在二次大战时身在国外，当他9岁时，在圣地亚哥他家附近，有一个陆军制空炮兵团，驻扎的士兵和他成了好友，以消磨无聊的闲暇时间。他们会送魏特利一些军中纪念品，像陆军伪装钢盔、枪带及军用水壶，魏特利则以糖果、杂志，或邀请他们来家中吃便饭，作为回赠。

魏特利永难忘怀那一天，他回忆道：

“那天我的一位士兵朋友说：‘星期天上午5点，我带你到船上钓鱼。’我雀跃不已，高兴地回答：‘哇哈！我好想去。我甚至从未靠近过一艘船，我总是在桥上、防波堤上，或岩石上垂钓。眼看着一艘艘船开往海中，真令人羡慕！我总是梦想，有一天我能在船上钓鱼。噢，太感谢你了！我要告诉我妈妈，下星期六请你过来吃晚饭。’

“周六晚上我兴奋地和衣上床，为了确保不会迟到，还穿着网球鞋。我在床上无法入眠，幻想着海中的石斑鱼和梭鱼，在天花板上游来游去。清晨3点，我爬出卧房窗口，备好渔具箱，另外还带备用的渔钩及渔线，将钓竿上的轴上好油。带了两份花生酱和果酱三明治。4点整，我就准备出发了。钓竿、渔具箱、午餐及满腔热情，一切就绪——坐在我家门外的路边，摸黑等待着我的士兵朋友出现。

“但他失约了。

“那可能就是我一生中，学会自立自强的关键时刻。

“我没有因此对人的真诚产生怀疑或自怜自艾，也没有爬回床上生闷气或懊恼不已，向母亲、兄弟姊妹及朋友诉苦，说那家伙没来，失约了。相反的，我跑到附近汽车戏院空地上的售货摊，花光我帮人除草所赚的钱，买了那艘上星期在那儿看过、补缀过的单人橡胶救生艇。

“近午时分，我才将橡皮艇吹满气，我把它顶在头上，里头放着钓鱼的用具，活像个原始狩猎队。我摇着桨，划入水中，假装我将启动一艘豪华大油轮，航向海洋。我钓到一些鱼，享受了我的三明治，用军用水壶喝了些果汁，这是我一生中最美妙的日子之一。那真是生命中的一大高潮。”

魏特利经常回忆那天的光景，沉思所学到的经验，即使是在9岁那样稚嫩的年纪，他也学到了宝贵的一课：“首先学到的是，只要鱼儿上钩，世上便没有任何值得烦心的事了。而那天下午，鱼儿的确上钩了！其次，士兵朋友教给我了，光有好的意图并不够。士兵朋友要带我去，也想着要带我去，但他并未赴约。”

然而对魏特利而言，那天去钓鱼，却是他最大的希望，他立即着手设定计划，使愿望成真。魏特利极有可能被失望的情绪所击溃，也极可能只是回家自我安慰：“你想去钓鱼，但那阿兵哥没来，这就算了吧！”相反的，他心中有个声音告诉他：仅有欲望不足以得胜，我要立刻行动，要自立自强，自己开发属于自己的那一片沃土——潜能。

自立妙语

当我们对某件事充满了希望，却又因为某种原因而落空时，我们是应该悲观失望呢，还是像文中的魏特利一样为着自己的愿望而行动？不用说，答案肯定是后者。沮丧是不能解决问题的，相反，我们用自己的行动，却能让我们向目标靠近一大步。对于别人答应的事，我们可以相信他是出于好意，但是更多的时候，我们还是应该靠自己。

文 张 敏

你不能施舍给我翅膀

文 张丽钧

将血肉之躯铸成一支英勇无畏的箭镞，带着呼啸的风声，携着永不坠落的梦想，拼力穿透命运设置的重重险阻，义无反顾地射向那寥廓美丽的长天……

在蛾子的世界里，有一种蛾子名叫“帝王蛾”。

以“帝王”来命名一只蛾子，你也许会说，这未免太夸张了吧？不错，如果它仅仅是以其长达几十公分的双翅赢得了这样的名号，那的确是有夸张之嫌；但是，当你知道了它是怎样冲破命运的苛刻设定，艰难地走出恒久的死寂，从而拥有飞翔的快乐时，你就一定会觉得那一顶“帝王”的冠冕真的是非它莫属。

帝王蛾的幼虫时期是在一个洞口极狭小的茧中度过的。当它的生命要发生质的飞跃时，这天定的狭小通道对它来讲无疑成了鬼门关。那娇嫩的身躯必须拼尽全力才可以破茧而出。太多太多的幼虫在往外冲杀的时候力竭身亡，不幸成了“飞翔”这个词的悲壮祭品。

有人怀了悲悯恻隐之心，企图将那幼虫的生命通道修得宽阔一些。他们拿来剪刀，把茧子的洞口剪大。这样一来，茧中的幼虫不必费多大的力气，轻易就从那个牢笼里钻了出来。但是，所有因得到了救助而见到天日的蛾子都不是真正的帝王蛾——它们无论如何也飞不起来，只能拖着丧失了飞翔功能的累赘的双翅在地上笨拙地爬行！原来，那“鬼门关”般的狭小茧洞恰是帮助帝王蛾幼虫两翼成长的关键所在，穿越的时刻，通过外力挤压，血液才能顺利送到蛾翼的组织中去；唯有两翼充血，帝王蛾才能振翅飞翔。人为地将茧洞剪大，蛾子的翼翅就失去充血的机会，生出来的帝王蛾便永远与飞翔绝缘。

没有谁能够施舍给帝王蛾一双奋飞的翅膀。

我们不可能成为统辖他人的帝王，但是我们可以做自己的帝王！不惧怕独自穿越狭长黑黑的隧道，不指望一双怜恤的手送来廉价的资助，而是将血肉之躯铸成一支英勇无畏的箭镞，带着呼啸的风声，携着永不坠落的梦想，拼力穿透命运设置的重重险阻，义无反顾地射向那寥廓美丽的长天……

自立妙语

如果鸟儿不将自己的双翅练得过硬，那么它永远不可能在蓝天自由地飞翔。如果我们不夯实自己的本领，我们就会在生活中举步维艰。父母给了我们生命，但那只是脆弱的血肉之躯，还不足以让我们抵挡生活中的风风雨雨。我们必须像帝王蛾一样，不畏惧那命运中的苛刻，用钢铁意志来引领我们的血肉之躯，这样的我们才能在生活中自由地翱翔！

文 华贞芝

每一个脚印都是你自己的

文 陈文海

在你以后的生活中，肯定会遇到许许多多的困难，如果都能像今天这样顽强地走过来，那你将永远是爸妈心中最有出息的孩子，是最棒的男子汉！

6岁那年，他得了种怪病。肌肉萎缩，走路时两腿无力，常常跌倒，且每况愈下，直至行走越发困难。

他父母急坏了。带他走遍了全国各地有名的医院，请了无数专家诊疗，甚至动过让他出国治疗的念头。

每一家医院的诊断结果都一样——重症肌无力。专家说，目前此病只能依靠药物并辅以营养搭配与身体锻炼来调节。

他的生活从此变得不同于常人。

上小学了，他开始苦恼起来。他家离学校很近，正常孩子十多分钟便能走完的路程，他却要花费几倍的时间才能到达。

9岁那年的冬天，一个下午，天气骤变，随后便雪花飞舞。到放学时，路上已是厚厚的一层雪。

很多家长赶到学校来接孩子。他想自己腿脚不方便，雪又这么大，爸妈一定会来接的。他站在校门口，等着。直到其他孩子都被家长接走了，也未见到自己的父母。他的焦急变成了伤心。爸爸妈妈为什么不疼爱我？工作再忙也得想到我呀！他的泪在脸上蜿蜒。终于，他吸了一口气，咬咬牙，迎着暮色，踏上了回家的路。这一段路途走得实在艰难。不知摔了多少跟头，也不知走了多长时间。委屈、恐慌、愤怒交织在一起。他想等到了家里，父母不管说什么理由他也不理会他们。因为此时，他恨极了父母。

终于，他蹒跚到了家门口。让他没想到的是，眼含热泪的爸爸急急地跑过来为他开了门。随后，他那掩面痛哭的妈妈一下子扑上来，紧紧地、紧紧地抱住了他。一家三口哭成一团。许久，哭红眼睛的妈妈无比怜爱地摸着他的头，对他说："孩子，你回头看一看，那路上的每一个脚印都是你自己走的。今天，爸爸妈妈真为你感到骄傲与自豪！在你以后的生活中，肯定会遇到许许多多的困难，如果都能像今天这样顽强地走过来，那你将永远是爸妈心中最有出息的孩子，是最棒的男子汉！"

他是我的学生，告诉我这件事的时候，他已是个14岁的少年，必须借助拐杖才能走路，但他很乐观。他说，永远忘不了那个冬夜傍晚的一幕，牢牢记得妈妈跟他讲过的话——"每一个脚印都是你自己走的"。是这句话，让他在后来乃至将来的生活中树立起强大的信心，让他敢于面对一切困难。他说这些话的时候，坚毅的目光里透露出同龄孩子少有的刚强。

自立妙语

这位刚强的少年，因为身体的疾病，从而需要付出比常人多百倍的努力，但他却用一个个踏实的脚印，将困苦远远地甩在了身后，使自己成为一名最棒的男子汉。而身体正常的我们，还有什么道理不顽强地面对生活呢？我们坚信：把困难踩在脚下，我们便是永远的胜者。

文 王立坤

做引导别人的尾灯

文 英 涛

在特殊情况下，我们应该用自己的慧眼，看清前面的路该怎么走，用自己的头脑来分析利弊，选择自己的方向。

那时，我刚来到公司不久，凭着那股初生牛犊的勤奋，我做到了部门经理，专管家具的销售。

有一次，公司进了一套家具，标价是20万。可不知为什么，放了4个月都没有一个人问过价。好不容易，有个人看中了这套家具，问了价格后，说，18万能不能成交？

我也很想把这套家具脱手，可是老板只给了我1万元钱的浮动权限，偏偏顾客又很固执，18万就是18万。

僵持了许久之后，我打电话找老板请示，可老板的手机关了，我不敢擅自做主，这笔生意就没有谈成。

过了两天，老板回来，我汇报了这件事。老板有些不悦，他说，你没看到现在这套家具已经很难脱手了吗？你应该知道我的心理，既然4个月没人问，就说明这套家具已经没什么卖点了，应该越早脱手越好，越积压越贬值。别说18万，就是17万，你也应该咬着牙卖了，不然，下次连16万都没人要！

我委屈地低着头，心想，我哪有那么大的胆子呀。看见我这样，老板宽厚地笑笑说，算了，先开车送我回家。

我主动去开车。天气很差，雾越来越大，路况都看不太清了。老板倒不着急，一边由着我蜗牛似的在车流中爬，一边和我说话。他问我，在这样的大雾天气开车，你怎样才能走得更安全？我说，只要跟着前面车子的尾灯，就没什么事。老板沉默了一会儿，突然问，如果你是头车，你该跟着谁的尾灯呢？

我心中一阵震动，是呀，如果自己是头车，又有谁会给自己指路？

在一般情况下，我们可以依靠上司，让上司替我们拿主意，也使我们不用分担责任。可是在特殊情况下，我们应该用自己的慧眼，看清前面的路该怎么走，用自己的头脑来分析利弊，选择自己的方向。

跟在别人尾灯后面的人，永远不会成为领头羊。

此后，我开始努力了。

自立妙语

在我们小的时候，很多事我们似乎不必去考虑该怎么办，因为长辈们会替我们拿主意。但是，当我们慢慢长大时，会发现很多事都需要我们自己作决定。如果我们永远跟在长辈们的后面，我们的头脑就会慢慢退化，到最后连思考都不会，更不用说解决问题了。事非经过不得知，所以我们一定要自立，在自立中学会自己拿定主意，解决问题。

文 华贞芝

为自己疗伤

文 侯拥华

我们要学会为自己疗伤，主动寻找解决问题的办法，修补那颗残缺破碎的心，开始新的生活。

春天来了，生活在美洲的大黑熊也从冬眠中渐渐苏醒过来。可刚刚醒来的它们总是委靡不振，看上去一点精神也没有。醒来后的它们，常常去找些有缓泻作用的果子吃。这样做的目的，是把长期堵在直肠里的硬粪块排泄出去。之后，它们的精神开始慢慢振作起来，体质也恢复到了常态，从而开始了新的生活。

热带森林里的猴子，如果出现怕冷、战栗的症状，它们会主动去啃食一种叫金鸡纳树的树皮。不久，有病的猴子就又恢复了原来活泼可爱的样子。原来，它们是得了疟疾，而金鸡纳树的树皮中富含奎宁，是治疗疟疾的良药。

在乌兹别克，狩猎的人常常会看到这样的怪事——受伤的野兽总是跑向同一个山洞。后来，有一个猎人为了查明究竟，就跟踪一只受伤的黄羊，当黄羊跑进山洞后，他躲藏在隐蔽的地方进行观察。他发现，那只黄羊把受伤的身体紧紧贴在峭壁上。不久，这只流血不止、身体孱弱的黄羊就止住了流血，恢复了体力，离开了山洞，走向陡峭的山崖。黄羊走后，猎人在黄羊医治外伤的峭壁上发现了一种类同黑色野蜂蜜的黏稠液体。这种液体后来经科学家检测研究，发现里面含有30种微量元素。用这种液体涂抹在伤口上，可以使伤口很快愈合，使折断的骨骼复原。

探险家们曾在一个森林里发现了一只受伤的野象，看到它正在岩石上来回磨蹭，直到伤口上覆盖了一层厚厚的灰土和细沙。原来，这种岩石中含有氧化镁、钠、硅酸等矿物质，有疗伤的作用。

其实，自然界中不仅仅是美洲黑熊、热带的猴子、乌兹别克受伤的黄羊、森林中受伤的野象会自我疗伤，还有更多的其他动物以及植物，也会给自己疗伤。作为高级动物的人，我们会为自己疗伤吗？

人生漫长，道路曲折，难免会遭遇失败，经受挫折，或事业上一败涂地，或情感上分崩离析，抑或生活上陷入泥潭……人生的种种不幸让我们的心灵饱受折磨。为了摆脱困境，我们可以去求助于外界，但更重要的是，我们要像美洲黑熊、热带的猴子、乌兹别克受伤的黄羊、森林中受伤的野象那样——学会为自己疗伤，主动寻找解决问题的办法，修补那颗残缺破碎的心，开始新的生活。

自立妙语

我们受伤的时候，不一定就会有人来安慰我们，为我们疗伤。所以我们得学会自己承担伤痛，并为自己疗伤，这就需要我们有坚强的意志。拥有坚强意志的人，才不会被轻易摧垮，才能“大雪压青松，青松挺且直”，才能使受伤的地方愈合，并重新站立起来。这样的人才是生活的强者。

文 张 敏

至尊的独立

文 秦文君

一个女孩走向真正的独立，慢慢地拥有了为自己设计未来道路的勇气和能力，这真令我喜极而泣。

人都是要长大要独立的。记得14岁那年我初次离家，参加学校组织的为期一个月的学农，也就是住在远郊的农民家里，与他们同吃同住。那时我怯怯的，有点像躲在松林里探头探脑的小松鼠，对未知的世界充满好奇、畏惧。然而期满归来时，心里就有了点底气，我还特意去照相馆拍照为证。在照片上，我的神态有点老到，仿佛一个有阅历的人。我将它视为珍宝保存在厚厚的相册里，因为它是一个至尊的见证，记载着一个女孩的初次独立，并且预示着后面将尾随许多充满荣耀的词汇：羽毛渐丰、小荷露尖、青春年华……

后来我做了母亲，我很爱我的女儿小鸟，但却明白无论母女之间如何情深意切，我们仍然是两个独立的人。小鸟4岁那年，组织上顾及我繁重的写作任务，拨了一个寄宿幼儿园的名额给小鸟。那个幼儿园有草木葱郁的大花园，木梯子上铺着鲜艳的红地毯，一切都很完美。临行的那天夜里，我在灯下给小鸟准备行装，在她的小衣服、小被子上绣着名字。忽然，我扔下了针线，泪如泉涌：一个女孩小得连自己的用品都无法辨认、看管，那她如何表达心意，如何维护爱和尊严呢？独立是要有长长的准备的，是一种积淀后的崛起。终于，我们放弃了这个名额。

一晃，小鸟升中学了，被一家寄宿制学校录取，我再次为其准备行装。看着她六神无主的样子，我便把她所爱的物品通通装进行李箱。我其实是个重视精神生活的人，但我永远认可物质往往会对人产生奇效，对于一个走入陌生环境的女孩，携带的爱物能够慰藉她的心。临行前，小鸟在我的厚相册里翻弄着，说要带一张妈妈的照片，我怂恿她带我学农归来的独立照，可她拒绝了，选了一张我穿便装、笑容安详的照片贴身装着，还说："这张才像我心目中的妈妈。"她不知道我如今的这份安详是如何获取的。

小鸟住校的第一个月里，频频向我诉苦：半夜睡不着，伸手找不到妈妈；女浴室的门坏了，洗澡时门会突然洞开；去学校的小卖店买东西时，因为她是个理性花钱的孩子，迟疑着比较价格，结果被店员斥责；就连钥匙圈坏了这桩小事，也会成为她独自流泪的借口。她在电话里哭泣，说感觉到离妈妈越来越远，她想放弃独立。

我说小鸟你必须试着解决这些事，至少试一试，万一解决不了，你再打电话给我。挂断电话后，我整天都守着电话机，一旦有朋友的电话进来，我只能三言两语，说我正在等一个最重要的热线电话，稍后再打给他们。确实，眼下我最大的心愿是帮助一个女孩站起来，独自迈出第一步。

小鸟的求助电话迟迟不来，我心里空空的，整理着她的小房间，那里充满着小女孩甜腻的气息，催人心软，而且我还瞥见她留着的一根小竹棍。她曾戏言这根竹棍留着将来打丈夫，她害怕会找个恶丈夫，害怕独自面对这纷繁的世界，害怕迷失童心和爱心……刹那间，我心乱如麻。

就在此时，小鸟打来了电话，说浴室门已经报修了，现在虽还是坏的，但她每次洗澡时都在上面粘上透明胶，再大的风也吹不开；小卖店的人这两天已知她的秉性了，不再冷言冷语；同桌和她一块儿用老虎钳修好了钥匙圈……另外，她晚上想家伤心，后来累极了，"扑通"一声倒在床上睡熟了，翌日清晨，看见太阳出来了，心情豁然开朗。

这正是我心里呼唤的那种两个心心相印的平等的人在对话。

小鸟没去拍照见证，我送了她一个穿中学校服的珍妮娃娃，悄悄地把它当成小鸟独立的见证。一个女孩走向真正的独立，慢慢地拥有了为自己设计未来道路的勇气和能力，这真令我喜极而泣。

自立妙语

我们从小在父母的怀抱里长大，享受着父母带给我们的那份温馨，似乎一切都那么美好，那么无忧无虑。但是我们终有离开家、离开父母，独立生活的那一天。当父母不在身边时，我们该如何照顾自己，如何面对生活呢？独立，就是答案的关键字。学会独立，让自己勇敢地面对生活，这样我们就不会惧怕前面的风风雨雨了。

文 华贞芝

最优秀的人是你自己

文 纪广洋

为了不重蹈那位助手的覆辙，每个向往成功，不甘沉沦的人，都应该牢记先哲的这句至理名言："最优秀的就是你自己！"

据说，苏格拉底在风烛残年之际，知道自己时日不多了，就想考验和点化一下他的那位平时看起来很不错的助手。他把助手叫到床前说："我的蜡所剩不多了，得找另一根蜡接着点下去，你明白我的意思吗？"

"明白。"那位助手赶忙说，"您的思想光辉是得很好地传承下去……”

“可是，”苏格拉底慢悠悠地说，“我需要一位最优秀的传承者，他不但要有相当的智慧，还必须有充分的信心和非凡的勇气……这样的人选直到目前我还未见到，你帮我寻找和发掘一位好吗？”

“好的，好的。”助手很温顺很尊重地说，“我一定竭尽全力地去寻找，以不辜负您的栽培和信任。”

苏格拉底笑了笑，没再说什么。

那位忠诚而勤奋的助手，不辞辛劳地通过各种渠道开始四处寻找了。可他领来的一位又一位，总被苏格拉底一一婉言谢绝了。当那位助手再次无功而返地回到苏格拉底病床前时，病入膏肓的苏格拉底硬撑着坐起来，抚着那位助手的肩膀说：“真是辛苦你了，不过，你找来的那些人，其实还不如你……”

“我一定加倍努力，”助手言辞恳切地说，“找遍城乡各地，找遍五湖四海，我也要把最优秀的人选挖掘出来，举荐给您。”

苏格拉底笑笑，不再说话。

半年之后，苏格拉底眼看就要告别人世，最优秀的人选还是没有眉目。助手非常惭愧，泪流满面地坐在病床边，语气沉重地说：“我真对不起您，令您失望了！”

“失望的是我，对不起的却是你自己。”苏格拉底说到这里，很失意地闭上眼睛，停顿了许久才又不无哀怨地说，“本来，最优秀的就是你自己，只是你不敢相信自己，才把自己给忽略，给耽误，给丢失了……其实，每个人都是最优秀的，差别就在于如何认识自己，如何发掘和重用自己……”话没说完，一代哲人就永远离开了他曾经深切关注着的这个世界。

那位助手非常后悔，甚至后悔、自责了整个后半生。

为了不重蹈那位助手的覆辙，每个向往成功，不甘沉沦的人，都应该牢记先哲的这句至理名言：“最优秀的就是你自己！”

自立妙语

我们往往赞美山岳的崇高伟大，大海的汹涌澎湃，而对自己的优点视而不见。苏格拉底的助手一心去寻找金子，却忽略了自己满身的闪闪金光。其实很多时候，我们可以自己去拼搏，才能让父母因为我们的成熟而欣慰，我们也才能更快地飞翔，更早地成功。

文 刘娟鹏

永远做独立的自己

文 余 平

“不靠别人，永远做独立的自己！”李泽楷在接受采访时这样说，“没有这个信条，就没有今天的电讯盈科。”

他13岁时，被父亲送到美国加州读书，父亲希望他与同在美国读书的哥哥有个照应。但他到了美国后不但与兄长很少来往，还故意不用父亲在银行为他存的生活费，而是自己打工赚钱。他在麦当劳卖过汉堡，在高尔夫球场做过球童。由于当球童要背高尔夫球棒，他的肩膀被弄伤了，直至现在，伤患还会时常发作。尽管他在美国生活拮据，却还用自己赚来的辛苦钱资助经济更困难的同学。这令大洋彼岸的父亲感到欣慰。

他毕业后，没有直接回到父亲创办的公司，而是固执地前往加拿大一家投资顾问公司工作，成为该公司最年轻的执行董事。他还一声不响地把当年父亲为他在银行账户里存的所有钱连同利息还给了父亲。1990年他在父亲的苦劝下，勉强答应留在香港为父亲打理家族产业。

1994年，一直不安于在父亲庇护下生活的他作出了一个大胆的决定：凭借出售卫星电视积累下的4亿美元，成立一家高科技公司。自此，他正式与家族事业分道扬镳。后来他承认，当年他选择独立门户时，父亲曾极力挽留他，但被他拒绝。他誓言自己要在事业上超过父亲。

他就是美国《财富》杂志“全球青年富豪榜”榜上有名的香港电讯盈科拓展集团主席李泽楷，而他的父亲则是华人首富李嘉诚。“不靠别人，永远做独立的自己！”李泽楷在接受采访时这样说，“没有这个信条，就没有今天的电讯盈科。”

自立妙语

父母的双臂是我们温暖的避风港，但是我们不可能在这避风港里待一辈子，自己的路还得自己走。所以我们一定要学会独立，用我们自己的能力去开拓一片新的天地，在奋斗中成就自己的价值。只有这样，我们才能自豪地对别人说：我是靠我自己生活！

文 张 敏

我们要像美洲黑熊、热带的猴子、乌兹别克受伤的黄羊、森林中受伤的野象那样——学会为自己疗伤，主动寻找解决问题的办法，修补那颗残缺破碎的心，开始新的生活。

第2辑 梦想皆有神助

他从小生得呆笨，12岁时，他梦到有位国王给他颁奖，因为他的作品被诺贝尔看上了。妈妈说，假如这真是你的梦，你就有出息了！听说，当上帝把一个不可能的梦，放在谁的心中时，就是真心想帮助谁完成的。男孩信以为真，从此他喜欢上了写作。

终于有一天，瑞典皇家文学院宣布：把2002年的诺贝尔文学奖授予匈牙利作家凯尔泰斯·伊姆雷。他听到后大吃一惊，因为这正是他的名字。

梦想皆有神助！伊姆雷是新世纪第一位证明人，将来一定还有第二位、第三位……

卖了梦的是穷光蛋

文 林清玄

当我们把一个梦变成梦想，再为这个梦想而不懈地奋斗、努力时，那么我们就可能让梦想成真，我们的梦不也就变成现实了吗？

母亲在我小时候说过一个故事：

有两个朋友，一个叫阿呆，一个叫阿土，他们一起去旅行。有一天来到海边，看到海中有一个岛屿，他们一起看着那座岛国直到疲累地睡着了。夜里阿土做了一个梦，梦见对岸的岛上住了一位大富翁，富翁的院子里有一株白茶花，白茶花树根下有一坛黄金，然后阿土就醒了。第二天，阿土把梦告诉阿呆，说完后叹一口气说："可惜只是个梦！"

阿呆听了信以为真，说："可不可以把你的梦卖给我？"阿土高兴极了，就把梦的权利卖给了阿呆。

阿呆买到梦后就往那个岛出发了，阿土卖了梦就回家了。

到了岛上，阿呆发现那里果然住着一个大富翁，富翁的院子里果真种了许多茶花树，他高兴极了，就留下做富翁的佣人，做了一年，只为了等待院子里的茶花开。第二年春天，茶花开了，可惜，所有的茶花都是红色的，没有一株白茶花。阿呆就在富翁家住了下来，等待了一年又一年，许多年过去了。有一年春天，院子里终于开出一株白茶花。阿呆在白茶花树根下掘下去，果然掘出一坛黄金，第二天他辞工回到故乡，成为故乡最富有的人。

卖了梦的阿土还是个穷光蛋。

这是一个日本童话，母亲常说："有很多梦是遥不可及的，但只要坚持，就可能实现。"母亲和一般乡村妇女没有两样，不过她鼓励我们要有梦想，并且懂得坚持，就这一点，使我后来成为作家。

自立妙语

我们每个人都会做梦，梦里有好的事发生，也有坏的事发生，然而梦是一个虚幻的东西，我们不必太在意。但是梦想却可以是实实在在的。当我们把一个梦变成梦想，再为这个梦想而不懈地奋斗、努力时，那么我们就可能让梦想成真，我们的梦不也就变成现实了吗？

文 孙正尧

寻找属于自己的床

文 铃带玉

那一瞬间，我突然明白，这张床不属于我，这样得来的梦想是短暂的，我应该远离它，把梦想交给自己，去寻找真正属于我的那张床。

19世纪初，美国一个偏远的小镇住着一位远近闻名的木材富商，富商有个19岁的儿子叫伯杰。一天晚餐后，伯杰站在窗前欣赏美妙的月色。突然，他看见窗外街灯下站着一个和他年龄相仿的青年，身着一件破旧的外套，清瘦的身材显得很羸弱。他走下楼去，问那青年为何长时间站在这里。

青年满怀忧郁地对伯杰说："我有一个梦想，就是能拥有一栋宁静的公寓，晚饭后能站在窗前欣赏美妙的月色，可是这些对我来说简直太遥远了。”

伯杰说：“那么请你告诉我，离你最近的梦想是什么？”

“我现在的梦想，就是能够躺在一张宽敞的床上舒服地睡上一觉。”

伯杰拍了拍他的肩膀说：“朋友，今天晚上我可以让你梦想成真。”

伯杰领着他走进堂皇的公寓，把他带到自己房间，指着豪华软床说：“睡在这儿，保证像天堂一样舒适。”

第二天清晨，伯杰早早就起床了。他轻轻推开自己卧室的门，却发现床上一切整整齐齐，分明没有人睡过。伯杰疑惑地走到花园，发现那个青年正躺在一条长椅上甜甜地睡着。

伯杰叫醒他，不解地问：“你为什么睡在这里？”

青年笑笑说：“你给我这些已经足够了，谢谢。”说完，青年头也不回地走了。

30年后的一天，伯杰突然收到一张精美的请柬，一位自称是他“30年前的朋友”的男士邀请他参加一个湖边度假村落成庆典。在这里，他领略了典雅的建筑，见到众多社会名流，看到了那位即兴发言的庄园主。“今天，我首先感谢的就是在我成功路上第一个帮助我的人，他就是我30年前的朋友伯杰……”说着，他在众人的掌声中，径直走到伯杰面前，紧紧地拥抱他。伯杰恍然大悟：眼前这位声名显赫的钢铁大亨特纳，原来就是30年前那个贫困的青年。

酒会上，特纳对伯杰说：“当你把我带进寝室的时候，我真不敢相信梦想就在眼前，但是，那一瞬间，我突然明白，这张床不属于我，这样得来的梦想是短暂的，我应该远离它，把梦想交给自己，去寻找真正属于我的那张床。现在我终于找到了。”

是啊，只要怀揣梦想坚持不懈，你终能寻找到属于自己的那张床！

自立妙语

特纳为了寻找属于自己的那张床，而怀揣梦想，自立不息，终于成就了自己成功的人生。这昭示着我们：人生的真正意义，便在于为了心中的梦想，而顽强地为之奋斗，并最终诠释自己那精彩、辉煌的一生。

文 孙淑贤

梦想皆有神助 文 刘燕敏

我只知道，当你说我就喜欢做这件事，多困难我都不在乎时，上帝就会抽出身来帮助你。

他是一位匈牙利木材商的儿子，由于从小生得呆笨，人们都喊他“木头”。他也确实名副其实，9岁之前，除了因遵守秩序在学校里获得过一枚玩具螺丝钉外，再没有获得过什么奖励。

12岁时，他做了一个梦，梦到有位国王给他颁奖，因为他的作品被诺贝尔看上了。当时，他很想把这个梦告诉别人，但又怕被人嘲笑，最后，他只告诉了妈妈。

妈妈说，假如这真是你的梦，你就有出息了！我曾听说，当上帝把一个不可能的梦，放在谁的心中时，就是真心想帮助谁完成的。

男孩从来没有听说过梦想和上帝还有这层关系，妈妈说完，他就信以为真了。他想，他真是天底下最幸福的人！世界那么大，上帝却一下子就选中了他。为了不辜负上帝的期望，从此他真的喜欢上了写作。

“倘若我经得起考验，上帝会来帮助我的！”他怀着这样的信念开始了他的写作生涯。三年过去了，上帝没有来；又三年过去了，上帝还是没有来。就在他期盼上帝前来帮助的时候，希特勒的部队却先来了。他作为犹太人，被送进了集中营。在那里，数百万人失去了生命，而他却靠着“生存就是顺从”的信念活了下来。

“我又可以从事我梦想的职业了！”他怀着这种心情走出奥斯维辛集中营。1965年，他终于写出了他的第一部小说《无法选择的命运》；1975年，他又写出他的另一部小说《退稿》。

接着他又写出了一系列作品。

就在他不再关心上帝是否会帮助他时，瑞典皇家文学院宣布：把2002年的诺贝尔文学奖授予匈牙利作家凯尔泰斯·伊姆雷。他听到后大吃一惊，因为这正是他的名字。

当人们让这位名不见经传的作家谈一谈他获奖后的感受时，他说：“没有什么感受！我只知道，当你说我就喜欢做这件事，多困难我都不在乎时，上帝就会抽出身来帮助你。”

梦想皆有神助！在新世纪里，伊姆雷成为第一位证明人。预言家说，还会有第二位，他就藏在有梦想的人中间。

自立妙语

梦想是深藏在人们内心深处的最深切的渴望，是我们成就事业的动力。人可以暂时处于困顿、低微之中，但是不能没有梦想。梦想能激发我们的潜能，只要我们永远不放弃梦想，不断地为之努力奋斗，我们就一定能够构建出我们自己的幸福大厦。

文 孙淑贤

写下你的梦想

文 北 原

写下这张便笺的时候，他的生活正穷困潦倒，不难想象，如果这张便笺被别人看到，会引起什么样的嘲笑。

1940年11月27日，他出生在美国旧金山，英文名字叫布鲁斯·李。因为父亲是演员，他从小就有了跑龙套的机会，于是产生了想当一名好演员的梦想。由于身体虚弱，父亲便让他拜师习武来强身。1961年，他考入华盛顿州立大学主修哲学，后来，他像所有普通人一样结婚生子。但在他内心深处，一刻也不曾放弃当一名演员的梦想。

一天，他与一位朋友谈到梦想时，随手在一张纸上写下了自己的人生目标——“我，布鲁斯·李，将会成为全美国薪酬最高的超级巨星。作为回报，我将奉献出最激动人心、最具震撼力的演出。1970年开始，我将会赢得世界性声誉，到1980年，我将会拥有1000万美元的财富，那时候的我及家人将会过上愉快、和谐、幸福的生活。”

写下这张便笺的时候，他的生活正穷困潦倒，不难想象，如果这张便笺被别人看到，会引起什么样的嘲笑。

然而，他却把这些话深深铭刻在心底。为实现梦想，他克服了无数次常人难以想象的困难。比如，他曾因脊背神经受伤，在床上躺了4个月，但后来他却奇迹般地站了起来。1971年，命运女神终于向他露出微笑。他主演的电影《唐山大兄》、《精武门》、《猛龙过江》，均刷新香港票房纪录。1972年，他主演了香港嘉禾公司与美国华纳公司合作的《龙争虎斗》,这部电影使他成为一名国际巨星——被誉为“功夫之王”。1998年,美国《时代》周刊将其评为“20世纪英雄偶像”之一,他是唯一入选的华人。他就是李小龙——一个“最被欧洲人认识的亚洲人”,一个迄今为止在国际上享誉最高的华人明星。

1973年7月,事业刚步入巅峰的他因一场意外不幸身亡。在美国加州举行的“李小龙遗物拍卖会”上,这张便笺被一位收藏家以2.9万美元的高价买走。同时,2000份获准合法复印的副本也当即被抢购一空,以致拍卖会的主持人大叫:“这就是你们有必要把想到的事情马上写下来的原因所在。”

写下你的梦想,哪怕是在一张不起眼儿的便笺上。

自立妙语

李小龙的成功给了我们这样的启示:在困境中,信念是一面旗帜,只要旗帜不倒,梦想就能实现。谁都有梦想,谁都盼望美梦成真。在人生的日记本上,勇敢地写下自己的梦想吧!心有多大,舞台就有多大。成功属于有梦想并为之不懈奋斗的人!

文 王 艳

我只要一个布娃娃

文 宋 昆

在人生的道路上行走，抛开那些不切实际的大志吧，还有什么比现在找到一个真正属于自己的布娃娃更为重要更为现实的呢？

快毕业了，教室里每天都被沉闷而略显悲伤的气氛所笼罩，朝夕相处所培养出来的友情眼看就要被毕业活生生地撕裂。再加上前途未卜，大家都感到有些迷惘、沮丧，连平日里最活泼的男孩儿，此时也静静地坐在课桌前为大家写毕业赠言。

一天，班长提议："我有个建议，大家能不能讲讲自己这些年来所听到的最开心的故事，就当这是最后一次班会吧。"

大家都在心里"骂"班长：这都什么时候了，还有心思讲故事。埋怨归埋怨，大家还是一个个站起来走上讲台，连平常最不爱说话的同学也走上了讲台，充分发挥自己的口才，尽自己所能讲起了最开心的故事。班长的这个办法挺见效，转眼间就把同学们逗得开怀大笑，气氛活跃了起来。

最后讲故事的是班上最不起眼的一个女孩，此时站在讲台上的她笑靥如花，她对大家说："我没有准备最开心的故事，但是我给大家讲一个最平常不过的故事吧，但愿对大家有所帮助。"

她讲的故事是这样的：圣诞节到了，父亲和他的三个孩子围在火炉旁烤火。父亲说："孩子们，在新的一年到来之际，你们说说各自心中的愿望吧。"

大儿子说:“我最大的愿望是当个科学家,研制出世界上最棒的科技产品!”

二儿子说:“我长大后希望当个将军,指挥千军万马,杀敌立功!”

轮到小女儿了,她歪着头认真地想了一会儿,然后天真无邪地对爸爸笑道:“爸爸,我现在只想要一个布娃娃。您能满足我的这个心愿吗?”

故事讲完了,台下静了几秒钟后,接着是一阵如雷的掌声。大家忽然明白了许多:不是每一个远大的理想都会如期地实现,重要的是一步步朝目标靠近。而我们现在就要毕业走出校门,在人生的道路上行走,抛开那些不切实际的大志吧,还有什么比现在找到一个真正属于自己的布娃娃更为重要更为现实的呢?

几天后,大家都精神抖擞地走入了社会,寻找属于自己的“布娃娃”,不过它或新或旧、或大或小罢了。

自立妙语

的确,拥有一个“布娃娃”要比当科学家、当将军的梦想更容易实现。“布娃娃”告诉我们:梦想应该是建立在客观基础上且切实可行的。那些不符合实际的梦想,是不可能立即实现的。我们可以先设立一个贴近实际的梦想,然后凭借自己的努力,让梦想每天壮大一点点!

文 张 敏

心中的太阳

文 (挪威)史蒂根　放　心/译

凝神等待初阳的升起，就在于他心中那坚定的信念，才从心中的太阳中感受到了温暖与力量。

我从北极区移居首都奥斯陆已有多年，但对那极地岁月仍然魂牵梦萦。童年时在极地的生活教我甘于寂寞，勿急功近利；教我勤于思索，勿浅尝辄止；教我以自己的心灵而不是仅仅以自己的五官去感受自然，感受生活。

最难忘的是极地的一位盲人。他只身蛰居在海滨的一间小屋里，在常人看来他实在是极其可怜的——唯有一根拐杖可以相依为命，甚至连一条做伴的狗也没有。而他最大的不幸当然是他的失明了，这样他就不能够亲身去体味光阴的变幻和季节的交替了。

然而，这恐怕只是人们好心的揣想。说到人与自然的交契，我还不曾发现有哪位明眼人能够超越他的。当极夜将尽，太阳快要在地平线上重新绽开笑脸的日子里，人们都会看到他的身影：信步经过大街旁的人行道，而后径直走上小山，再沿着山脊，在赤杨林中找到一条通往山巅的小路。然后，他找到一处四际一无遮蔽的所在，面向着南方凝神而望，浑然忘情于对初阳的等待。个把小时之后，他又会准确地循原路归来。

要是在一场新雪之后，人们就更容易断定他是否去过山上了。因为这位盲人尽管在个人的生活享受上十分节俭，但他穿的胶皮雨鞋总是新的。所以,只要一发现他的雨鞋印在雪地上的足迹,人们就完全可以相信:暖人心曲的太阳即将来临。

当时,还没有什么人像今天这样讲究什么“默契”,什么“沟通”。在这位老人的时代,“默契”之说尚未流行,他自然也并非在追求时髦以沽名钓誉——他只是深深地渴望着能体味那初阳灵趣的时刻,当然在他的脑海中那也许只是一抹紫红的闪耀。

这两件事的紧密相连——新雪上有波纹的足迹和太阳的新生——使得这位盲人在一些和他具有同样渴求的人们心目中占据永生不灭的位置,我们这些人虽然双目炯炯,却反而看不透极夜之后的辉煌,而难以摆脱漫长的不安的折磨,全然没有盲人那种沉着坚定的自信。

——心里有了这位盲人,在生活的跋涉中,太阳永远是不落的。

自立妙语

泰戈尔说:“信念是鸟,它在黎明仍然黑暗之际,感觉到了光明,唱出了歌。”文中的那位盲人,凝神等待初阳的升起,就在于他心中那坚定的信念,才从心中的太阳中感受到了温暖与力量。只要我们的意志笃定,阳光将永远照耀我们的前行之路。

文 张 敏

找到场合的丘吉尔

文 佚 名

我们每个人都是无可替代的，只要我们肯努力，能够坚持不懈，社会上就总会有我们的位置。

英国名首相温斯顿·丘吉尔曾经是个拙劣的学生。

13岁时，他被送到哈罗公学求学。由于拉丁文差，入学的拉丁文考试上，他头脑白茫茫了两个小时，只在考卷上写了一个字，加上括弧，又用墨涂掉，再打上一些点。校长给他当大官的父亲面子，才录取了他。丘吉尔后来回忆说："……冷酷的考试内容，对我是一种很大的折磨……主考偏重的拉丁文和数学，我几乎都不能给出满意的答案。"

丘吉尔在成绩以外的拙劣也很有名。落落寡合，自制力差，不能遵守校规，而且倔强。校长表示不满时，他回应："先生，而我，也有非常充分的理由对您表示不满。"

他对有兴趣的文史科目倒学得很棒。他喜爱史学家麦考利的作品，有一次当众背诵了1200行无一差错。他还能大段背诵莎士比亚戏剧中的台词，能纠正老师讲课时的引述错误。

兴趣并不符合潮流。当时贵族学生的理想专业是神学、法律和军事，丘吉尔拉丁文差，读不了经典原著，只好读军事，转入被同学嘲笑为"笨蛋的乐园"的军事专修班。丘吉尔回忆中学时光时说："那是我一生中唯一的一段毫无意义和乐趣的时期……生活中尽是不舒适、限制和漫无目的的单调。"

后来，他投考桑赫斯特皇家军事学校，两次名落孙山。他不得不住进法国家庭以提高法语水平，不得不参加一个上尉开办的军事专业考前强化班。到被录取时，成绩也是刚好及格。父亲在礼节性祝贺后，指责他“懒懒散散，听天由命，轻率从事，可能堕落成社会废物”。

这种种不畅，只有外祖父伦纳德·杰罗姆表现出豁达乐观：

“让他去吧！男孩子在找到了可以显示才能的场合后，自然会变好的。”

是的，遇到合适的场合就会变好。后来，丘吉尔随父亲参加社会活动，政治才能和阅历逐渐提升起来。他最终成为一名优秀的政治家，而不是文学家、史学家或者军事家。

自立妙语

每个人都有自己的兴趣爱好，我们不能要求千篇一律。一个人在学习上很差，并不代表他就是一个很差的人，因为他可能在其他方面比别人更出色。我们每个人都是无可替代的，只要我们肯努力，能够坚持不懈，社会上就总会有我们的位置。而一旦我们站在属于自己的位置上，我们的才能就能完全地展示出来，最终一样能取得辉煌的成就。

文 王连波

母亲的信念

文 陈文英

一块地，不适合种麦子，可以试试种豆子；豆子也长不好的话，可以种瓜果；如果瓜果也不济的活，撒上一些荞麦种子一定能够开花。

有一个女孩，没考上大学，被安排在本村的小学教书。由于讲不清数学题，不到一周就被学生轰下了台。母亲为她擦了擦眼泪，安慰说，满肚子的东西，有人倒得出来，有人倒不出来，没必要为这个伤心，也许有更适合你的事情等着你去做。

后来，她又随本村的伙伴一起外出打工。不幸的是，她又被老板轰了回来，原因是剪裁衣服的时候，手脚太慢了，品质也过不了关。母亲对女儿说，手脚总是有快有慢，别人已经干很多年了，而你一直在念书，怎么快得了？

女儿先后当过纺织工，干过市场管理员，做过会计，但无一例外，都半途而废。然而，每次女儿沮丧地回来时，母亲总安慰她，从没有抱怨。

30岁时，女儿凭着一点语言天赋，做了聋哑学校的辅导员。后来，她又开办了一家残障学校。再后来，她在许多城市开办了残障人用品连锁店，现在她已经是一个拥有几千万资产的老板了。

有一天，功成名就的女儿凑到已经年迈的母亲面前，她想得到一个一直以来想知道的答案。那就是前些年她连连失败，自己都觉得前途渺茫的时候，是什么原因让母亲对她那么有信心呢？

母亲的回答朴素而简单。她说，一块地，不适合种麦子，可以试试种豆子；豆子也长不好的话，可以种瓜果；如果瓜果也不济的活，撒上一些荞麦种子一定能够开花。因为一块地，总有一粒种子适合它，也终会有属于它的一片收成。

听完母亲的话，女儿落泪了。她明白了，实际上，母亲恒久而不绝的信念和爱，就是一粒坚忍的种子。她的奇迹，就是这粒种子执著而生长出的奇迹。

自立妙语

在生活中，我们可能在很多方面都比不上别人，受到别人的歧视。但是，我们绝不能心灰意冷，自甘堕落，自己走入生活的死胡同。我们应该从中反省自己，寻找自己的兴趣爱好所在，将自己的特长发挥出来，这样，我们才能走出一条与众不同的道路。

文 王连波

选择什么，什么就是你

文 杨 杨

人生不是非黑即白，而是有许多灰色地带，要你自己作出选择。最重要的不是选择什么，而是这个选择来自你自己。

史蒂夫·沃兹尼亚克，从小就喜欢玩晶体管和电子元件，自己组装收音机、无线电台。美国各地举办的各种科学展，只要他参加，就一定能获奖。他成了伙伴眼里无所不能的“电子小孩”。

但渐渐地，史蒂夫发现自己不再那么受欢迎了，长大了的伙伴们发挥所长，开始在各个领域拥有自己的精彩，光是成绩好和得科学奖已经没有什么稀奇了。这让一直自信满满、从来都是众人眼中焦点的他有些无所适从。他面临着选择，是去做一个运动场上的胜利者、舞台上的明星，还是继续研究那堆电子元件?

最终，史蒂夫坚定地选择了当一名电子工程师，从事那份独立作业、忍受寂寞的工作。他很清楚，仅仅为了别人的目光而去做自己并不喜欢的事，毫无意义。何况，那些复杂的元件与字符已经深深地烙入了他的灵魂。

因为这份坚持，他作出了可以免费打电话的蓝盒子；他为惠普公司设计游戏和计算器；他独立作出苹果一号和二号计算机；他和好友乔布斯创建了苹果电脑公司；他带动了全球个人电脑普及和应用，促使IBM-PC于1981年问世……

现在，史蒂夫·沃兹尼亚克在全球的IT行业都拥有绝对影响力，他说：“人生不是非黑即白，而是有许多灰色地带，要你自己作出选择。最重要的不是选择什么，而是这个选择来自你自己。”

就算是天才，选错了方向，结局也注定和普通人一样平凡。正如史蒂夫的感慨——选择什么，什么就是你。

自立妙语

我们不是为了别人而活，不是只活在别人的眼里，而是为自己而活。我们需要的是在生活中证实自己的价值，让别人不再另眼相看。在关系到自己的前途时，我们更应该认真地思考一下，自己究竟希望做的是什么，如果决定了，那么就坚持吧，相信通过坚持，总有一天，我们是能够取得成功的。

文 王连波

我们这些人虽然双目炯炯，却反而看不透极夜之后的辉煌，而难以摆脱漫长的不安的折磨，全然没有了那种沉着坚定的自信。

第3辑 不让世界改变自己

花园里，一棵小橡树愁容满面。它在想：我是谁？苹果树对它说："如果你真是努力了，一定会结出美味的苹果！"玫瑰花则说："你开出玫瑰花来才好，你看多漂亮！"小树拼命努力想和别人一样，却总是觉得自己失败。一天，智者来到了花园，听了小树的困惑后说："你就是你自己，你要试着了解你自己，要想做到这一点，就要倾听自己内心的声音。"

在生活中，所有人都有自己需要完成的使命和属于自己的位置，不要让任何事或任何人阻止我们认识和享受我们存在的美妙。

苹果里的星星 文 (美)迪·恩·帕金斯

这深藏其中，不为人知的图案竟具有如此巨大的魅力，它先从不知什么地方传到我儿子的幼儿园，接着便传给我，现在又传给你们大家。

一个人的错误，有可能侥幸地成为另一个人的发现。

儿子走上前来，向我报告幼儿园里的新闻，说他又学会了新东西，想在我面前显示显示。他打开抽屉，拿出一把还不该他用的小刀，又从冰箱里取出一只苹果，说："爸爸，我要让您看看里面藏着什么。"

"我知道苹果里面是什么。"我说。

"来，还是让我切给您看看吧。"他说着把苹果一切两半——切错了。我们都知道，正确的切法应该是竖着切。而他呢，却是把苹果横放着，拦腰切下去。然后，他把切好的苹果伸到我面前："爸爸，看哪，里头有颗星星呢。"

真的，从横切面看，苹果核果然显一个清晰的五角星状。我这一生不知吃过多少苹果，总是规规矩矩地按正确的切法把它们一切两半，却从未疑心过还有什么隐藏的图案我尚未发现！于是，在那么一天，我孩子把这消息带回家来，彻底改变了冥顽不化的我。

不论是谁，第一次切"错"苹果，大凡都仅出于好奇，或由于疏忽所致。使我深深触动的是，这深藏其中，不为人知的图案竟具有如此巨大的魅力，它先从不知什么地方传到我儿子的幼儿园，接着便传给我，现在又传给你们大家。

是的，如果你想知道什么叫创造力，往小处说，就是苹果——切“错”的苹果。

自立妙语

苹果核中赫然呈现的清晰的五角星，体现出的不就是亮晶晶的创造力吗？创造力是智慧的源泉，也是将来我们能卓越发展的基石。其实在很多方面，我们并不需要事事都循规蹈矩，试着独辟蹊径，不局限于任何束缚，拥有的很可能是一片更丰腴的土壤。

文 王立坤

相互羡慕

文 晴 蓝

我们在羡慕别人时，如果能想到自己也许正在被别人所羡慕，自己也是别人眼中的风景，那么就会心平气和一些、心满意足一些吧？

俗话说：“人比人得死，货比货得扔。”话俗理却不俗。每个人的出身、境遇都是不可能相同的，甚至会有天壤之别。因此，我们普通人根本没必要为自己至今仍是“一介布衣”而耿耿于怀。

有这样一则寓言：猪说，假如再让我活一次，我要做头牛，工作虽然累点，但名声好，受人爱怜；牛说，假如让我再活一次，我要做头猪，吃罢睡，睡罢吃，不出力，不流汗，活得赛神仙；鹰说，假如让我再活一次，我要做只鸡，渴有水，饿有米；鸡说，假如让我再活一次，我要做只鹰，可以翱翔蓝天，云游四海……

总羡慕别人，大概是人的一种共同天性，只是程度不同罢了。生活中，心理失衡者并不少见，他们常常抱怨自己生不逢时、怀才不遇；抱怨上苍不公，让富贵与自己绝缘，让名利与自己无关。对自己拥有的却视而不见。当你抱怨自己没有鞋穿时，可曾想到有人甚至没有脚？

其实，无论是谁，身在何处，一定会有许多认识的或陌生的人在由衷地羡慕你。我们在羡慕别人时，如果能想到自己也许正在被别人所羡慕，自己也是别人眼中的风景，那么就会心平气和一些、心满意足一些吧？

自立妙语

在学习和生活中，我们经常会听到各种抱怨声，抱怨自己的学习环境不够好，抱怨老师讲的内容听不懂，甚至还抱怨自己没有一个好妈妈、好爸爸。其实抱怨解决不了任何问题，要想活得快乐些，我们就要用自己的行动去消除那些抱怨之声，这样的生活才是有意义的，也才会更快乐！

文 王立坤

橡树的使命

文 云 涛

在生活中，所有人都有自己需要完成的使命和属于自己的位置，不要让任何事或任何人来阻止我们认识和享受我们存在的美妙。

在一个可能是任何地方的地方，在一个可能是任何时间的时间，有一个美丽的花园，里面长满了苹果树、橘子树、梨树和玫瑰花，它们都幸福而满足地生活着。

花园里的所有成员都是那么快乐，唯独一棵小橡树愁容满面。可怜的小家伙被一个问题困扰着，那就是，它不知道自己是谁。

苹果树认为它不够专心，“如果你真是努力了，一定会结出美味的苹果，你看多容易！”玫瑰花说：“别听它的，开出玫瑰花来才更容易，你看多漂亮！”失望的小橡树照它们的建议拼命努力，但它越想和别人一样，就越觉得自己失败。

一天，鸟中的智者鸮(xiāo)来到了花园，听了小橡树的困惑后，它说：“别担心，你的问题并不重要，地球上的许多生灵都面临着同样的问题。我来告诉你怎么办。你不要把生命浪费在去变成别人希望成为的样子，你就是你自己，你要试着了解你自己，要想做到这一点，就要倾听自己内心的声音。”说完，鸮就飞走了。

小橡树自言自语道：“做我自己？了解我自己？倾听自己内心的声音？”突然，小橡树茅塞顿开，它闭上眼睛，敞开心扉，终于听到了自己内心的声音：“你永远都结不出苹果，因为你不是苹果树；你也不会每年都开花，因为你不是玫瑰。你是一棵橡树，你的命运就是要长得高大挺拔，给鸟儿们栖息，为游人们遮阴，创造美丽的环境。你有你的使命，去完成它吧！”

小橡树顿觉浑身上下充满了力量和自信，它开始为实现自己的目标而努力。很快它就长成了一棵大橡树，填满了属于自己的空间，赢得了大家的尊重。这时，花园里才真正实现了每一个生命都快乐。

在生活中，所有人都有自己需要完成的使命和属于自己的位置，不要让任何事或任何人来阻止我们认识和享受我们存在的美妙。

自立妙语

只有相信自己的人，才能走出一条属于自己的路。别人的路可能会很风光，充满了斑斓的色彩，但是那不一定适合我们。我们不能一味地羡慕他们，听别人讲述他们的风光，而忘却了自己的路，迷失了自己的方向。我们应该做的是仔细聆听一下自己内心深处的声音，选一条适合自己的路，这样，我们才会发挥出我们的才能，炫耀出我们的光彩。

文 张 敏

自己拿主意

文 佚 名

自己拿主意，当然并不是一意孤行，而是忠于自己，相信自己。坎坷人生，很多时候我们都要自己拿主意！

美国著名女演员索尼亚·斯米茨的童年是在加拿大渥太华郊外的一个奶牛场里度过的。

当时她在农场附近的一所小学里读书。有一天她回家后很委屈地哭了，父亲就问原因。她断断续续地说：“班里一个女生说我长得很丑，还说我跑步的姿势难看。”父亲听后，只是微笑。忽然他说：“我能摸得着咱家天花板。”正在哭泣的索尼亚听后觉得很惊奇，不知父亲想说什么，就反问：“你说什么？”

父亲又重复了一遍：“我能摸得着咱家的天花板。”

索尼亚忘记了哭泣，仰头看看天花板。将近4米高的天花板，父亲能摸得到？她怎么也不相信。父亲笑笑，得意地说：“不信吧？那你也别信那女孩的话，因为有些人说的并不是事实！”

索尼亚就这样明白了，不能太在意别人说什么，要自己拿主意！

她在二十四五岁的时候，已是个颇有名气的演员了。有一次，她要去参加一个集会，但经纪人告诉她，因为天气不好，只有很少人参加这次集会，会场的气氛有些冷淡。经纪人的意思是，索尼亚刚出名，应该把时间花在一些大型的活动上，以增加自身的名气。索尼亚坚持要参加这个集会，因为她在报刊上承诺过要去参加，“我一定要兑现诺言。”结果，那次在雨中的集会，因为有了索尼亚的参加，广场上的人越来越多，她的名气和人气因此骤升。

后来，她又自己做主，离开加拿大去美国演戏，从而闻名全球。

自己拿主意，当然并不是一意孤行，而是忠于自己，相信自己。坎坷人生，很多时候我们都要自己拿主意！

自立妙语

对于别人的建议，我们要有选择性地、理性地对待：好的，我们尽量拿过来用；不好的，我们要坚决摒弃。面对生活中的事情，我们自己要有主见，做对自己有利的事，要勇敢选择抛弃和争取，这样才能自信永远。

文 张　敏

不让世界改变自己

文 佚　名

这种人无论别人做不做，他们都会坚定地去做他们认为正确的事情，这并非因为他们认为这样的行为会改变世界，而是因为他们不想让世界改变自己。

在一家超市里，父亲、母亲、年轻的儿子一家三口人在完成了家庭购物计划之后，父亲让儿子将使用过的购物手推车送回到原来的地方。“爸爸，你看到没有，手推车扔得到处都是，没有一个人送还的，这也是超市专门雇人负责收集归拢手推车的原因。”父亲耐心地教导着儿子：“那么，儿子，你认为送还手推车是不是一件有益的事情呢？”

儿子陷入了沉思。短暂的沉默之后,母亲插言道:“这不是什么大不了的事情,别太苛求儿子了,我们回家吧。”

当父亲正要放弃自己的要求时,他看到,一对年迈的老夫妇一人推着一辆手推车,将它们送还到了原来的地方。目睹这一情景,父亲再次对儿子说道:“儿子,这世界上共有两种人,一种人用过手推车后,将它随处一扔了事;另一种人则会将它送还回去。我希望你做送还回去的那种人。现在,你把手推车送回去吧。”

显而易见地,这个故事并不是在探讨送不送还手推车的问题,它探讨的是在一个简单行为背后的价值认知问题。这个故事其实在提示我们:在这个世界上有这样两种人,一种人总是去做自己认为正确、有益的事;另一种人则是寻找理由不去做这样的事情。

第一种人无疑是可贵的,但更可贵的是,这种人无论别人做不做,他们都会坚定地去做他们认为正确的事情,这并非因为他们认为这样的行为会改变世界,而是因为他们不想让世界改变自己。

自立妙语

不管其他人的做法如何,只要是我们认为对的事情,我们就要瞄准方向坚定地做,就算有再多不和谐的行为存在,也会有一部分人始终站在我们的身边,和我们一起互相扶持、并肩作战。

文 张 敏

按自己的意愿走人生之路

文 阿　平 曹亚旗 王肇辉

面对广阔的世界，努力编织自己的梦想，昂首向前走，即使经历失败也不要轻言放弃，因为我们年轻，就是要闯一闯！

1992年闾丘露薇大学毕业后，有幸进了上海的一家国际外运公司实习，3个月过后，公司领导希望她可以留在该公司工作。能进这样的跨国公司，是许多面临毕业的同学梦寐以求的事，而此时露薇的一位已到深圳工作的同学则劝她外出闯一闯，露薇一时拿不定主意：留在上海进大公司，以后的工作和生活都将是平平稳稳的；而深圳也是许多青年的向往之地，那里充满了吸引力。

回到家中，露薇把自己的心事说给父亲听。父亲听出女儿很希望到深圳去闯一番事业，可他也担心，女儿去了深圳会跟着她母亲而不再回来。经过激烈的思想斗争，他最终还是决定放手让女儿去闯了。

到深圳后，凭着良好的外语水平，露薇很快应聘到富林大酒店做大堂经理。不久，她又跳槽进入了世界五大会计师事务所之一的普华永道会计师事务所。

母亲开始为露薇介绍男朋友，是个公司大老板的儿子。在约好见面的那天，大老板的儿子带着他的一个要好的香港朋友一起来了。经过这次会面，露薇没有和大老板的儿子交朋友，却爱上了和他一起来的那个香港朋友——露薇认为他虽然只是一个普通职员，但人品很好。

1994年，露薇和男友结婚，半年后移居到香港。就在露薇到香港的第三天，她在报纸上看到一家电视台的招聘启事，要求能流利地说普通话和英语，于是她去应聘，结果很快被录用了。

1997年，在香港回归前一个月，露薇又应聘到刚刚成立的凤凰卫视，当了一名记者和经贸周报节目的主持人。

进入凤凰卫视，露薇有幸参加采访香港回归这一重大历史事件，其准确的新闻视角和采访风格同时受到电视观众的喜欢和台领导的认可。

凭借其实力，每遇重大事件，台领导都会安排露薇前去采访，那些重要的时刻，都留有她的身影。

自立妙语

闾丘露薇真的是一个很有闯劲的人，她凭借着自己的韧性和拼劲，为自己闯出了一片天空。面对广阔的世界，我们也要像露薇一样，努力编织自己的梦想，昂首向前走，即使经历失败也不要轻言放弃，因为我们年轻，就是要闯一闯！

文 王连波

你可以与众不同

文（美）胡皮·戈德堡

追随自己的感觉。我们自己的生活为什么要按照别人给设定的轨道来航行呢？

我成长于环境复杂的纽约市劳工区切尔西。时值嬉皮士时代，我身穿大喇叭裤，头顶阿福柔犬蓬蓬头，脸上涂满五颜六色的彩妆，为此，常遭到住家附近各类人士的批评。

有一天晚上，我跟邻居友人约好一起去看电影。时间到了，我身穿扯烂的吊带裤，一件绑染衬衫，以及一头阿福柔犬蓬蓬头。当我出现在朋友面前时，她看了我一眼，然后说："你应该换一套衣服。"

"为什么？"我很困惑。

"你扮成这个样子，我才不要跟你出门。"

我怔住了："要换你换。"

于是她走了。

当我跟朋友说话时，母亲正好站在一旁。这时，她走向我："你可以去换一套衣服，然后变得跟其他人一样。但你如果不想这么做，而且坚强到可以承受外界嘲笑，那就坚持你的想法。不过，你必须知道，你会因此引来批评，你的情况会很糟糕，因为与大众不同本来就不容易。"

我受到极大震撼。因为我明白，当我在探索另类存在方式时，没有人有必要鼓励我，甚至支持我。当我的朋友说"你得去换一套衣服"

时，我陷入两难抉择：倘若我今天为你换衣服，日后还得为多少人换多少次衣服？我想，母亲是看出了我的决心，她看出我在向这类同化压力说“不”，看出我不愿为别人改变自己。

人们总喜欢评判一个人的外形，却不重视其内在。要想成为一个独立的个体，就要坚强到能承受这些批评。我的母亲告诉我，拒绝改变并没有错，但她也警告我，拒绝与众一致是一条漫长的路。

我这一生始终摆脱不了与众一致的议题。当我成名后，我也总听到人们说：“她在这些场合为什么不穿高跟鞋，反而要穿红黄相间的快跑运动鞋？她为什么不穿洋装？她为什么跟我们不一样？”到头来，人们之所以受到我的影响，学我的样子绑黑人细辫子头，又恰恰因为我与众不同。

自立妙语

有句名言说：不要让任何人告诉你要成为怎样的人，做与众不同的人。追随自己的感觉。我们自己的生活为什么要按照别人给设定的轨道来航行呢？我们的生活完全可以由我们自己主宰，快不快乐都由我们自己说的算！

文 王连波

美式独立思考

文 黄全愈

我们看问题的时候，不能因为一些表象而被迷惑。世界纷繁复杂，人心繁复错乱，我们要有冷静分析问题的头脑。

在美国，我最喜欢看的电视节目之一，是黑人笑星比尔·考斯彼主持的《孩子说的出人意料的东西》。

有一次，比尔问一个七八岁的女孩："你长大以后想当什么？"

女孩很自信地答道："总统！"

全场观众哗然。比尔做了一个滑稽的吃惊表情，然后问："那你说说看，为什么美国至今没有女总统？"

女孩想都不想就回答："因为男人不投她的票。"全场一片笑声。

比尔说："肯定是因为男人不投她的票吗？"

女孩不屑地说："当然肯定！"

比尔意味深长地笑笑，对全场观众说："请投她票的男人举起手！"伴随着笑声，不少男人举起手来。

比尔得意地说："你看，有不少男人投你的票呀！"

女孩不为所动，淡淡地说："还不到三分之一！"

比尔作出不相信又不高兴的样子，对观众说道："请在场的所有男人把手举起来！"言下之意，不举手的就不是男人，哪个男人敢不举手？在哄堂大笑中，男人们的手一片林立。

比尔故作严肃地说："请投她票的男人仍然举手，不投的放下手。"

比尔这一招厉害：在众目睽睽之下，要大男人们把已经举起的手再放下，确实不太容易。这样一来，虽然仍有人放下手，但“投”她票的男人多了许多。

比尔得意洋洋地说道：“怎么样，‘总统女士’？这回可有三分之二的男人投你的票了。”沸腾的场面突然静了下来，人们要看这个女孩还能说什么。女孩露出了一丝与童稚不太相称的轻蔑的笑意，说：“他们不诚实，他们心里并不愿投我的票！”

许多人目瞪口呆。然后是一片掌声，一片惊叹……

自立妙语

我们看问题的时候，不能因为一些表象而被迷惑。世界纷繁复杂，人心繁复错乱，我们要有冷静分析问题的头脑。很多我们听到的事并不是真的，还必须得亲见，亲见的也未必是真，还需要全面了解，分析，才能作出判断。

文 王连波

拉比的建议

文 佚 名

我们不能盲目地听从别人的建议，不然只会陷入盲从的深渊，让自己遭受更大的损失。

一个犹太人养了一群鸡。一天，他急急忙忙跑来找拉比说：“拉比，我的鸡得了鸡瘟，已经死了一半。”

“你给它们吃什么？”

“大麦。”

“你应该给它们吃小麦！”

第二天早上，这犹太人又气喘吁吁地跑来了：“拉比，又有50只鸡病死了。”

“你给它们喝什么了？”

“冷水。”

“唉，你应该给它们喝热水！”

两天之后，那犹太人又来说：“拉比，现在我就剩下10只鸡了！”

“你给它们喝的水从哪儿弄来的？”

“从井里呀！”

“你应该给它们喝泉水！”

不久，这位犹太人又带来了最新消息：“拉比，我的最后一只鸡也死了。”

“呀呀呀，”拉比叹息道，“这太可惜了。我还有许多很好的建议没来得及向你提呢！”

自立妙语

我们在处理事情的时候，可以听一听别人的建议，因为别人的建议可能让我们看问题更为全面一些。但是，我们也不能盲目地听从别人的建议，我们需要有自己的主观判断能力，不然只会陷入盲从的深渊，让自己遭受更大的损失。

文 孙正尧

成功，有时需要你塞上耳朵

文 佚 名

无论是恶意的咒骂，还是善意的劝阻，他都能充耳不闻，一心一意地做自己的事，向着心中的目标不断努力。

从一个建筑工地的搬运工，到一位享誉澳洲华人圈的作家，武力走过了常人难以想象的艰辛。在接受悉尼最大的报纸《悉尼晨锋报》的采访时，他说自己之所以能做到今天的成绩，是因为有一件事曾深深地刺激了他。

那次，武力和几个朋友一起去参观一个富豪的跑马场、保龄球馆和俱乐部。在回来的路上，坐在武力前面的两个人开始聊起来：“没想到这个瘪三，现在混得这么好了，想当年，他找我们借钱时，我还劝他，不要轻易辞掉大学讲师的工作去创业……”另一个也附和道：“不过你劝的也没错，谁想到他那样一个人也能成功啊，看来要创业也很容易嘛！”

听了他们的一番谈话，武力的心里突然很酸楚。从一个普通人到亿万富翁，其中要跨越很多鸿沟，但是，往往要跨越的第一道阻碍，就是身边亲人、朋友“善意”的劝阻。

这个世界很有意思，不但小人和恶人会用诡计来陷害你，还有一种“扼杀”可能来自你意想不到的人——你的家人、你的朋友。他们往往打着“爱”和“关怀”的旗号，去扼杀你的憧憬和梦想。他们会告诉你，根据经验和判断，这样做不行，那样做太冒风险。只可惜，他们的经验，往往都是不成功的经验。然后，他们就会劝你回到生活的正常轨道上去，不要试图和别人不一样。

而那些能成就一番事业的人，往往都有着强大的内心力量，无论是恶意的咒骂，还是善意的劝阻，他都能充耳不闻，一心一意地做自己的事，向着心中的目标不断努力。只有这样的人，他们才能把心中的想法贯彻到底，才能做出与众不同的大事业！

所以，成功，有时需要你塞上耳朵！

自立妙语

我们都相信亲人和朋友是不会害我们的，他们奉劝我们的话都是为了我们好。但是，有的时候，他们的话也会带有偏见，或者说不符合实际情况，我们不能因为他们是出于好心而毫不犹豫地去相信他们，因为这样的奉劝反倒会成为我们成功的绊脚石。我们需要果断地从他们善意的奉劝中走出来，坚信自己的判断，这样才不至于被束缚手脚，而没法迈出成功的步子。

文 孙正尧

第4辑

没有一种草不是花朵

一天，在美国的一个公园里，来了一位卖气球的老人。一个黑人小孩用略带恳求的语气问老人：“您能卖给我一个气球吗？”“当然可以，”老人慈祥地打量了他一下，递给了他一个黑色的气球。小孩开心地接过气球，小手一松，气球在微风中冉冉升起。

老人一边看着上升的气球，一边用手轻轻地拍了拍小孩的后脑勺说：“记住，气球能不能升起，不是因为它的颜色、形状，而是气球内充满了氢气；一个人的成败，不是因为种族、出身，关键是你的心中有没有自信。”

黑人州长的信念

文 章剑和

在这个世界上，信念这种东西任何人都可以免费获得，所有成功者最初都是从一个小小的信念开始的。

罗杰·罗尔斯是纽约历史上第一位黑人州长，他出生在纽约声名狼藉的大沙头贫民窟。在这儿出生的孩子，长大后很少有人获得较体面的职业。然而，罗杰·罗尔斯是个例外，他不仅考入了大学，而且成了州长。在他就职的记者招待会上，罗尔斯对自己的奋斗史只字不提，他仅说了一个非常陌生的名字——皮尔·保罗。后来人们才知道，皮尔·保罗是他小学的一位校长。

1961年，皮尔·保罗被聘为诺必塔小学的董事兼校长。当时正值美国嬉皮士流行的时代。他走进大沙头诺必塔小学的时候，发现这儿的穷孩子比“迷惘的一代”还要无所事事，他们旷课、斗殴，甚至砸烂教室的黑板。当罗尔斯从窗台上跳下，伸着小手走向讲台时，皮尔·保罗说，我一看你修长的小拇指就知道，将来你是纽约州的州长。当时，罗尔斯大吃一惊，因为长这么大，只有他奶奶让他振奋过一次，说他可以成为5吨重的小船的船长。这一次皮尔·保罗先生竟说他可以成为纽约州州长，着实出乎他的意料，他记下了这句话，并且相信了它。从那天起，纽约州州长就像一面旗帜。他的衣服不再沾满泥土，他说话时也不再夹杂污言秽语，他开始挺直腰杆走路。在以后的40多年间，他没有一天不按州长的身份要求自己。51岁那年，他真的成了州长。

在他的就职演说中，有这么一段话。他说：在这个世界上，信念这种东西任何人都可以免费获得，所有成功者最初都是从一个小小的信念开始的。

自立妙语

信念是一个人的精神支柱，它能让一个人在困难面前，有不断前行的决心和动力，能让一个人在心情最差的时候，重新站起来。信念是一个人必不可少的，没有信念的人生是苍白的人生，而有了信念，并为之坚持不懈的人生则是充满了绚烂色彩的人生。

文 孙淑贤

就差一块砖

文 澜 涛

有人说："战胜对手一千次，不如战胜自己一次。"其实一个人最大的敌人，不是别人，正是我们自己。

那是初中时的一堂翻越障碍墙的军训课，因为我们这些学生个子都太矮小了，教官在障碍墙前的起跳处摞起两块砖，又在上面盖了一块帆布。同学们虽说动作不太规范，但都相继翻了过去。

到我了，我是班里最矮小的，紧张得心怦怦乱跳，默默重复着教官讲解的要领，助跑、起跳、搭手、抬臂……但没等肘臂抬上障碍墙，我就跌了下来。

我在教官的命令声中第三次跌到地上时，眼前那两米多高的障碍墙，在我心里就好似一座高山，无法翻越。我泄气极了。

“再来一次！”教官喝令道。“能加一块砖吗？”我试探着请求。教官竟然点头应允了。教官摆好第三块砖后，我又重新站到起跑线上。深吸一口气，助跑、起跳、搭手、抬臂、跨腿……我终于翻过去了。

“就差一块砖。”我嘀咕着。教官一脸严肃地把我叫到障碍墙前，示意我揭去覆盖砖块的帆布。揭去帆布，我惊呆了——帆布下面摞着的依然只是两块砖，第三块砖只是平放在后面。

“其实，第三块砖在你心里。”教官的声音时时回响在我的生命中。

许多时候，我们对自身能力缺乏足够的认识和了解，常常希望借助外力的帮助。而一个人倒下去之前总是信心先倒下去的。所以要战胜困难，首先就是要战胜自己。

自立妙语

有人说：“战胜对手一千次，不如战胜自己一次。”其实一个人最大的敌人，不是别人，正是我们自己。成功的概率对每个人来说都是相等的，要想成功就要相信自我，战胜自我。当我们对战胜自己没有信心时，我们要大声地对自己说：“我是最棒的！”

文 孙淑贤

没有一种草不是花朵

文 李雪峰

不论生活在哪里，你们和其他人一样，都是一种草，也都是一种花。记住，没有一种草是不会开花的，再美的花朵也是一种草！

那时我们还居住在深山里的乡下，我还是个十五六岁的孩子。春天，小草刚被融雪洗出它们嫩嫩的芽尖时，老师告诉我们，学校准备组织我们搭车到百里外的县城去参加作文竞赛。我们一听又兴奋又担忧，兴奋的是我们能够坐上大汽车去县城里看看；担忧的是，我们这群山里的孩子，作文能赛过城里的学生吗？

头发花白的老校长看出了我们的忧虑，他说："你们常常上山下田，谁能说出一种不会开花的草？"

不会开花的草？蒲公英是会开花的，它的花朵金黄金黄的，秋天时结满了降落伞似的小绒球；狗尾草也是会开花的，它狗尾巴似的绿穗穗就是它的花朵；就连那些麦田里的荠荠草也是会开花的，它的花洁白洁白的，有米粒那么大，像早晨被太阳镀亮的一颗颗晶莹的露珠。我们想来想去，把每一种草都想遍了，可是谁也没有想出有哪一种草是不会开花的。我们想了半天都摇摇头说："老师，没有一种草是不开花的，所有的草都会开出自己的花朵。"

老校长笑了，说："是的，孩子们，每一种草都是一种花，栽在精美花盆里的花是一种草，而生长在田地边和山野里的草也是一种花啊。不论生活在哪里，你们和其他人一样，都是一种草，也都是一种花。记住，没有一种草是不会开花的，再美的花朵也是一种草！”

几十年过去了，当我从深山里走进都市里的大学，当我从乡下青年成为城市缤纷社会的一员，当我面对一束束流光溢彩的鲜花和一次次雷鸣般的掌声时，我从不自卑，也没有浮躁过。我总会想起老校长的那句话——没有一种草是不会开花的，而每一种花朵也是一种草。

自立妙语

每个人都是一种草，只要条件成熟，都能开花。我们没有理由觉得自己就会比别人差，也没有理由相信自己不会取得成功。每个人的成功都是靠自己的努力而得来的，所以只要我们肯努力，相信成功也一定会向我们招手的。

文 王立坤

致命的毒药

文 余 刚

库杜阿拉井大沙漠的这场悲剧，又一次证明了“生于忧患，死于安乐”的道理。安逸其实并不可怕，可怕的是在安逸中丧失了自我而依赖他人。

库杜阿拉井是澳大利亚最干燥的大沙漠之一，年降水量仅有2毫米。但这里却生存着野骆驼、袋鼠、考拉、金刚鹦鹉等动物。这些在“苦难”环境中挣扎生息的动物顽强的生命力令人叹服。

2001年，澳大利亚政府颁布“垦荒令”，号召沿海居民到沙漠地区发展农业。

政府承诺的条件非常诱人:任何一户到沙漠“垦荒”的人家,都可以无偿拥有一套坚实的住房,一眼深达地下120米的饮用及灌溉井,一架安装好的家用风车,可以每月按时领到的津贴,而且“垦荒”所得被免除一切税款。

沙漠新移民的到来,为贫瘠的荒漠带来了生机。过去荒凉、贫瘠的沙漠,现在竟然拥有了甘洌的井水、满目苍翠的玉米。

自此,动物们过上了比蜜还甜的幸福生活。

人们不仅没有驱赶这些动物,而且还将它们当做朋友,庄稼地里没有篱笆,处处都是“绿色通道”。

但让人始料未及的事情发生了。

由于人们对这些动物毫不设防,它们逐渐将玉米地当做了自己的天然大粮仓,放弃了过去那种“含辛茹苦”的觅食方式,树叶、草根、昆虫再也引不起它们的兴趣——玉米秆、玉米叶、玉米苞无不唾手可得,甘美若饴,何必非要折磨和虐待自己呢?但是,人们的玉米地却遭了殃,变得“满目疮痍”。

因为爱动物胜过爱庄稼,有些人家无奈地选择了离开,搬迁到其他地方去了。

人们离开后,动物们过了一段更加狂欢的幸福日子。但半年之后,人们在这里发现了遍地的动物尸体——它们全部因饥渴而死。

专家分析说,在人们“垦荒”的五年时间里,这些动物习惯了“衣来伸手,饭来张口”的安逸日子,数万年才进化来的求生本能,在短短的几年时间里竟退化殆尽,它们只知去池塘饮水,到玉米田觅食,一旦环境再次发生突变,它们只能束手待毙。

库杜阿拉井大沙漠的这场悲剧,又一次证明了“生于忧患,死于安乐”的道理。安逸其实并不可怕,可怕的是在安逸中丧失了自我而依赖他人。

在自己不能救助和支撑自己时,一旦失去外界的援助,幸福就会变成致命的毒药。

自立妙语

单靠别人的给予是不可能过得幸福的，我们需要的是靠自己。当我们习惯了养尊处优、衣来伸手饭来张口的生活时，我们那种谋生的本能就会退化，一旦养料供给中断，我们还能靠什么去求得生存呢？所以，我们一定要靠自己，因为只有自己具备了谋生的能力，才不会有后顾之忧，才能过上幸福的生活。

文 张 敏

"爹，放手"

文 (美)克里斯托夫·德威克

温室里的花朵一旦离开舒适安逸的花房，就会被大自然的残酷法则所淘汰。是雄鹰，终究要翱翔于天空。

我发现前门廊有只粉红色的飞蛾。当时我大概8岁。我踏出前门，来到玻璃罩着的门廊上，我们冬天就是把靴子留在这里的。那只飞蛾正拼命想找到出口飞出门廊。

好几次我都曾发现有蜜蜂或飞蛾困在门廊，我总是把它捕捉之后放走。不过这一次我注意到飞蛾的颜色很特别，是从未见过的——粉红，通体粉红。我捉了飞蛾，拿在手里，小男孩捉了只粉红色飞蛾之后会怎么办呢？我找来鞋盒，在里面塞满青草，又放了一汽水瓶盖的水，然后把飞蛾放进去。

结果它当然死了。任何东西都不能老是死抓住不放——必须放手,给予自由。我把鞋盒、汽水瓶盖和草都扔进垃圾桶,把飞蛾埋葬在花园。

直到今天,我仍是感觉到自己常有这种矛盾:既想抓住不放,又想放手。卡伦学会骑自行车的那个下午我记得很清楚:当时是初秋,我带着卡伦学骑自行车。我拆去她车上的练习辅助轮,但在街上练习时她坚持要我扶着车把和座位。

"卡伦,我现在放手,只放开一秒钟。"

"不行!"她坚持。

没用多久她就学会了用脚去踩踏板。我扶着自行车前进,卡伦的头和黑发就贴在我脸颊上。几星期后,我不扶着把手她也不害怕了,不过她仍要我扶着车座的后部。

"爹,别放手。"

几个月过去了。树叶飘零。我们练习的时间越来越少。风起天冷,是寒冬了。我把卡伦的自行车挂到了车库的钉头上。

圣诞节来临,在卡伦那年的心爱礼物之中,有她妈妈送的五块蚬壳型肥皂。

除夕下了大雪。燃料账单上的数目可不小。然后天气突然转暖。

"露伊,"我醒来时对太太说,"听到小鸟在唱歌吗?是红衣凤头鸟。"露伊和我侧耳倾听。孩子们都在楼下看电视。

吃完早餐,我发现卡伦在车库里想把自行车弄下来。我走进车库,从钉头上取下自行车。

她跳上车,我推着她横过我们家的碎石车道到街上去。我轻轻推了她一下。

"爹,放手!"卡伦在车上摇摇晃晃、左摇右摆,笑着踏车驶去了,留下我一个人站在原地。我想追上去,替卡伦扶着自行车的座位,抓住车把,让她的黑发贴在我脸颊上。但我一动不动,只是不断喊着:"继续踩下去,卡伦!"然后用力鼓掌。

死抓住粉红色飞蛾不放是没用的，死抓住女儿不放也一样。他们学会自立，一点问题都不会有的。给他们自由好了。

继续踩，卡伦。一直踩。

自立妙语

父母的保护和关爱就好像温暖的羽翼，为我们遮风挡雨，尽可能屏蔽外部的挫折和伤害。然而温室里的花朵一旦离开舒适安逸的花房，就会被大自然的残酷法则所淘汰。是雄鹰，终究要翱翔于天空。也许现时的我们，翅膀还不够坚韧，但总有一天我们会依靠自己的力量展翅飞翔。

文 张 敏

谁同意你自卑

文 张小失

成功者离不开自卑，他们必须在自卑的动力驱使下，走出自卑的阴影，在更高、更远的地方找到生命的补偿。

1990年夏天，也就是我高考过后的那个暑假，一位同学来我家玩，问起毕业照的事：相片上怎么找不到你？当时，我撒谎说是因事迟到，没赶上合影。其实，老师和同学们在楼下集体照相的时候，我正一个人藏在教室里，透过窗户玻璃偷偷地看着他们……

那时，我是个很自卑的人，因为上学，因为考试，因为我是一个彻底失败的学生。那个暑假我过得很痛苦，很阴暗。作为两位教师的儿子，我的前途完全陷于迷茫。那时候，考大学就是一个高中生的一切。每当我听到父母谈论谁谁家的孩子分数达线即将被某某大学录取的时候，我那濒临崩溃的自尊心就要滴血。

这种压抑的心境使我厌倦自己，进而厌倦一切。我不愿见任何人。

每年寒暑假，乡下的姑爷都要来我家做客。那天，我得知他又要来，便提前出去，漫无目的地来到城外的一座大桥下。桥肚很阴凉，人迹罕至，是我存身的理想所在。桥上不时驶过汽车，轰隆隆的，我的心却渐渐变得安静。

独处的时候，我常常没有思绪，我就那么看着河水发呆，感觉不到时间的流逝。那种氛围真好，它让我短暂地脱离现实，置身于一个空空的境界，没有忧愁，没有苦闷，甚至没有自卑。

我的清醒是在一个小时后。我看见河对面的桥肚下爬起一个人。河面只有10米左右宽，所以，我能清楚地看见他——一个流浪者，一个乞丐。他蓬头垢面地从一堆脏铺盖上爬起来，慢慢地走到河边，洗脸，喝水。他一直在那边的桥肚下睡觉，我居然没有发现。我愣愣地盯着他，看他完成一系列动作，然后回到铺盖边，将它们收拾好，捆结实，再背起来，然后慢慢消失在远方的街口……

当我看不见那个流浪者的时候，我才猛然意识到自己的存在。那一刻，我的泪水夺眶而出，心中的悲恸莫名地爆发出来，只是，我没有哭出声。要说那天我没有想到自杀，是不可能的。生命到了那个地步，从大的方面说是没有意义，从小的方面说是没有意思。作为高中毕业生的我，当时已经读过一些文学名著，对人生也有了一点肤浅的理解，之所以没将自杀付诸实施，除了因为勇气不足，还因为夏洛蒂·勃朗特写在《简·爱》中的一句话：有的人不怕死，却害怕活着……如今想来，当时的我确实简单得可笑，可是，身处其间却又无法自拔。

那天，我从桥肚下往家走的时候，已接近傍晚。我想，姑爷可能已经回去了。我没吃午饭，但并不觉得饿。穿过热闹的商业街道，穿过寂寞的居民小巷，我旁若无人。

推开家门，我愣住了：姑爷还坐在堂屋。我的内心十分沮丧，我失算了。此时的我很烦躁，我不想见他们，我想回头就走，但是，姑爷叫住了我……

当年的情境已记不详细，只记得我硬着头皮陪姑爷坐了一会儿，然后回了自己的书房。我想，我是冷漠的，即使有笑容，必定也不真实。姑爷是位朴实、憨厚的农民，他的安慰之词不会出乎我的预料，我尊敬他，却不会用心听他的唠叨，因为我在世界的局外。

但我清楚地记得，当天晚上，父亲很生气：你怎么对姑爷那样？他等了你一整天，为的就是和你交交心！我解释说我不想见任何人。父亲说：我知道，你自卑！可是，谁同意你自卑了？老师？同学？父母？还是老天爷？除了你自己，谁都不会同意你自卑……

多年后，我在回忆夏洛蒂·勃朗特和父亲的话时，还想起了阿德勒，一位奥地利的心理学家，他在《自卑与超越》中说，成功者离不开自卑，他们必须在自卑的动力驱使下，走出自卑的阴影，在更高、更远的地方找到生命的补偿。

所以，我走到了今天，并且一直在努力，因为我期待着明天的成功。

自立妙语

如果我们因为比不上别人的光彩而失落，自卑，那么我们可能永远也走不出那自卑的阴影。没有人有权力要求我们自卑，自卑是我们强加给自己的枷锁。我们应该把这个枷锁解开，这样我们就会发现，原来一切都并不是那么复杂，我们只是自己给自己增加了沉重的心理负担而已。

文 张 敏

独立的青春

文 鲁 娃

留在父母身边，你就像幸福的囚徒失去了自由——塑造你自己的自由。

菲利普是老贵族后裔，家里很有钱。但我认识他却是在巴黎左岸拉丁区一个有点破败的小阁楼里。他从大一开始就住在那里，一住6年。6年来他一直在索邦上学，现在是艺术史博士。他置身于弹丸之地，他说，等找份拿全薪的工作，贷款买间大点儿的。我心想，再大，恐怕也比不了古堡里堆放杂物的顶楼间。菲利普一眼洞穿了我的心思，说，没错，我父母的家是有钱，可钱再多也是他们的，对我没有任何意义，我是我，我的生活只能靠自己来奋斗。他一副本来如此的淡定神情，反让我觉得自己的疑惑不那么顺理成章了。

漂亮的莱雅出身下层，却与菲利普殊途同归。她是读到大二辍学，暂时来法语培训中心打工的，等攒足一笔钱，还要回校继续学业。莱雅如果留在父母家，也是能把大学念完的，但她不愿意。像许多法国青年一样，她高中毕业会考后就卷了行李直奔巴黎而去。法国大学一般只收注册费，但房租却是一项逃不掉的开支，巴黎尤其昂贵。她住进政府补助的学生公寓，靠课余给人做家教支撑这份已经降了一半的房租和生活费，最终难以为继。莱雅年轻的脸上总有抹不去的倦意，她是用积累倦意来积累独立的本钱，她嬉笑着说，其实青春就是穷。

青春等于穷，果然是吗？穷是因为独立，独立则包含自由与征服。记得我曾经的学生亚历山大说过一句话：留在父母身边，你就像幸福的囚徒失去了自由——塑造你自己的自由。

自立妙语

因为独立，所以自由。因为独立，所以生活更充满了色彩。我们现在还在父母身边，可能感觉不出有什么太大的困难。可是，我们一旦离开父母，就会发现，困难像大山一样向我们压过来。这个时候，就需要靠我们用独立的肩膀，用坚强的意志来抵抗，不然只会让困难压得喘不过气来。所以，我们要从小培养自己的独立精神，不能一味地依靠父母。

文 孙正尧

抬起头来

文 陈鲁民

要有自信，然后全力以赴，假如具有这种观念，任何事情十之八九都能成功。

有个女孩，清华大学建筑学院毕业后，顺利拿到美国哈佛大学研究生院的录取通知书。可是，没想到一切都准备好了，却在美国大使馆签证时连续两次被拒，女孩很伤心，躲在宿舍里哭。

一个要好的同学劝她，为什么不找个咨询公司帮忙，挺灵的。听说有个师姐，4年前被拒签过3次，4年后再去签，还没通过，后来找了一家咨询公司，在那里泡了半个月，很顺利就通过了。

女孩动心了，找到一家叫“信心”的咨询公司。公司只有3个人，老板加两个助手。老板把女孩拿来的签证材料看了一遍说，你的材料没问题。又让女孩详细介绍了两次被拒绝的经过。女孩细声细语地讲着，眼睛低垂，头也低着，不敢与老板对视，老板听着听着，打断女孩：不要说了，你的毛病就在这。

原来，女孩性格内向，不善与陌生人交往，一说话就脸红，还老爱低眼垂眉的，给人一种没有自信的感觉。老板很有经验地对女孩说：你在我们公司主要就训练三项内容：抬起头来，眼睛平视，大声说话。于是，两个星期里，那两个助手什么也不干，就想方设法让女孩养成抬起头来与人平视的习惯，并训练她大声说话。

第三次签证，半是习惯，半是刻意，女孩始终高昂着头，眼睛直盯着那个签证官，侃侃而谈，应对如流，从容不迫。那个签证官狐疑地看着前两次的拒签记录，嘴里嘟嘟囔囔地说：“不自信，吞吞吐吐，不敢抬头”，好像完全不是说的这个女孩儿，最后，他微微一笑：“你很优秀，看不出有拒绝你的理由，美国欢迎你。”整个过程只有5分钟。

自立妙语

世界上最美丽的表情莫过于自信的表情，自信的人有着最灿烂的光芒。一个人只要有了自信，就是跌倒了也能爬起来，继续向前走。正如威尔逊所说：要有自信，然后全力以赴，假如具有这种观念，任何事情十之八九都能成功。

文 张 敏

在这个世界上，信念这种东西任何人都可以免费获得，所有成功者最初都是从一个小小的信念开始的。

第5辑 卖鸡蛋的小学生

在美国，一位中国作家偶然遇到一位6岁的卖鸡蛋的男孩泰勒。他来到了泰勒家，这是一个相当殷实的家庭。泰勒的母亲说："去年，泰勒拿几个鸡蛋孵出了小鸡，慢慢地长大了。以后他又弄来一些鸡蛋，终于孵出12只母鸡，2只公鸡。他每天放学，首先跑到鸡舍，忙着添水加食，打扫鸡舍卫生。今年春天母鸡开始下蛋了，到现在，他卖鸡蛋已经挣了100多美元。"

如果我们从小就养成热爱劳动的好习惯，我们就能用自己的双手装扮我们美好的生活。

闪光的一课

文 (美)马文·沃尔夫

如果我们能认真地去做每一件事，并很努力地做到最好，那还有什么能阻止我们的成功呢？

打9岁起我就开始挣钱了。我问米瑟利先生能不能给我一条放学后送报的线路，他是当时美国《先驱论坛报》在芝加哥的一个代理人，住在我家附近。他说如果我有自行车他就分一条线路给我。

我爸爸当时同时兼着4份工作。白天，他在一家金属薄板店制作霓虹灯牌子；下班后送花送到晚上8点；然后又开出租车开到半夜；周末两天，他挨家挨户推销保险。他替我买了辆旧自行车，可是随后他就因肺炎住院不能教我骑车了。而米瑟利先生并没有提出要亲眼看我骑自行车，而只是提出看看自行车。我就把车推到他的车库去给他看，然后就得到了那份工作。

起初，我把报袋吊在车把上，推着车在人行道上走，显得很笨。几天以后我就把车留在了家里，借了妈妈的带钢网的购货两轮手推车。

骑在自行车上递报纸是很需要技巧的。如果没投到门廊上或是台阶上，那就糟糕了。但我总是把妈妈的推车停在人行道上，把每份报纸都放到该放的地方。如果遇到两层楼的门廊，第一投没投准，我就捡起报纸再投一次。遇到星期天，报纸又多又沉，我就把每份报纸拿到台阶上，而不是往那儿一扔了事。下雨天，我就把报纸放到玻璃门里面，如果是公寓楼，我就放在大厅的入口处。我还把爸爸的旧雨衣盖在报纸上。

我用8个月的时间把36个订户的线路增加到59户，这些新订户都是老订户介绍的。有时候，人们在街上拦住我，要我把他们也添到我的订户单上。

从星期一到星期六，我每送一份报挣1分钱，星期天每份报挣5分。我每个星期四晚上收报钱，多数订户每次都要多给我5分或1角的，很快，我得到的小费就比从米瑟利先生那里得到的工钱还多。那当然不错了，因为爸爸还干不了多少活，而我得把我的大部分工钱都交给妈妈。

1951年圣诞节前的那个星期四晚上，我按响了第一个订户家的门铃，里面亮着灯，可没人来应门。我来到第二家，还是没人应门。接下去的几家都是这样。不一会儿，大部分订户的家我都去过了，好像哪一家都没人。这下我可急了：每个星期五我都得交报钱。圣诞节快到了，我竟然没想到过“每个人”都出去买东西了。

当我走近戈登家的房子时，听到里面有音乐和好多人在说话，这下我高兴起来：我按响了门铃，门应声而开，戈登先生简直就是把我拖了进去。

他家的客厅里挤满了人——几乎全是我的59家订户！在客厅的中央停放着一辆崭新的名牌自行车。车身是苹果红的，上面还有一盏电动前灯和一个铃铛。车把上挂着一个帆布包，里面装满了五颜六色的信封。

“这辆自行车是送给你的，”戈登先生说，“我们大伙凑的份子。”

那些信封里装着圣诞卡，还有那一周的订费，大多数人还有慷慨的小费。我惊得目瞪口呆，不知道说什么好。最后，还是其中一位妇女叫大家都安静下来，并把我领到屋子的中央。“你是我们见过的最好的报童，”她说，“你没有一天漏投过或迟到过，没有一天把报纸给弄湿过。我们大家都看见过你在外面冒着雨雪推着那辆购货车，所以我们大家都认为你应该有辆自行车。”我所能说的只有：“谢谢你们。”

这句话我说了一遍又一遍。回家后，我数了一下，小费一共有100多美元——一笔意外的收入，它使我成了我们家的英雄，它给我们家带来了一个欢乐的圣诞节。

第二天，我到米瑟利先生的车库去取报的时候，他正在外面等我。“明天上午10点把你的自行车推来，我来教你骑。”他说。

待我学会骑车以后，米瑟利先生要我再投送一条线路，这条线要投42份报纸。骑着新自行车投递两条线路比推手推车投递一条线路还要快。但遇到刮风下雨时，我还是要下车来把每份报递到一个干燥的地方。要是我投的是高一点的门廊而且没投中的话，我就停下来，把自行车脚架立起来，再投一次。

高中毕业后我参了军，把我的自行车传给了弟弟特德。我记不得它后来怎么样了。但我的订户们却给了我另外一个礼物：即使对最卑贱的工作都可以引以为荣。这是一份那些善良的芝加哥人送给我的圣诞礼物，一份我总是经常使用的礼物。

自立妙语

即使是送报纸这样毫不起眼的工作，“我”依然怀着满腔的热情，用快乐的心态风雨无阻地干好它。这样，最卑微的工作，我们也能从中找到人生的闪光点。如果我们能认真地去做每一件事，并很努力地做到最好，那还有什么能阻止我们的成功呢？

文 王连波

孩子的推销

文 (美)马克·汉森

我们不能简单地认为成功只是大人们的事，要知道很多成功的例子都有小孩子的角色。

在一次会议的间隙，有一个小孩向我走来。他和我握手，然后说道："我是汤米，今年6岁，我想向你的儿童银行借钱。"

我回答道："汤米，你要用这笔钱来做什么呢？"

汤米说："我从4岁起，就认为自己能促进世界和平。我要设计一种贴在车后的贴纸，上面写着'请为我们孩子维护世界和平'，然后是我的签名'汤米'。"

我说："我的儿童银行可以支持这个构想。"我为他开了一张454美元的支票给制贴纸的厂商，供汤米制造1000张贴纸。

我给了汤米一份"推销致富"的录音带拷贝，他每卷都听了21次，并把所有的内容都铭记在心。录音带里有一句这样的话："一定要先向顶尖人物推销。"汤米便说服他父亲载他去前总统里根的住所。汤米按了门铃，守门人出来了，汤米用了两分钟时间，把他的贴纸介绍得令人难以抗拒。守门人把手伸进口袋，掏出1.5美元给汤米，说："拿去，我要买一张，等一下，我去把前任总统也找来。"

汤米还寄了一张贴纸给戈尔巴乔夫，并在信中附了一张1.5美元的账单。戈尔巴乔夫寄给汤米1.5美元及一张他的照片，上面写着："汤米，为和平勇往直前！"并签上了自己的名字。

我告诉汤米："我拥有好几家公司，你长大后，我要雇你为我工作。"他回答说："开什么玩笑！我长大后，要雇你为我工作。"

后来，美国著名电视主持人琼恩打电话给汤米，想邀请他上她主持的拥有百万观众群的电视节目。

因为反复聆听我"推销致富"的录音带，汤米已深知其中诀窍。在汤米的推销下，琼恩不仅为汤米提供了他和他妈妈的旅费，还带着母子俩住了川普大饭店，游了帝国大厦。

在琼恩的节目现场，汤米风趣且率真，他所说的故事，非常吸引人，以至于观众当场就从皮包里拿出钱来购买他的贴纸。

至今，汤米已经售出超过2500张贴纸，也还清了他向"马克·汉森儿童免息贷款银行"所贷的454美元。

自立妙语

汤米这种自立的精神着实令我们感动。诚然，有理不在声高，有志不在年高。作为孩子的我们，也应该有自己的理想，并想办法让它变成现实。我们不能简单地认为成功只是大人们的事，要知道很多成功的例子都有小孩子的角色。

文 王连波

卖鸡蛋的小学生

文 崔黎明

我们要从小养成爱劳动的好习惯，用我们的双手来装扮周围的一切，用自己的双手来创建我们美好的生活，因为，“劳动最光荣”！

若在半年前，我会提出这样一个问题：“让小学生养鸡卖蛋，能不影响学习吗？”但是到美国之后我发现，这里学生的书包比我们学生的书包小得多，空得多，学生的自由活动时间也多得多，学习自然要轻松得多。他们不在课堂上对孩子进行大量的知识灌输，而是注重于把孩子的兴趣引向校外那片广阔的天地，让他们自己去发现问题、思考问题，面对陌生领域去寻找答案，千方百计鼓励孩子的创造欲望，肯定他们的劳动成果。在这里，“影响学习”的问题自然就问不出口了。

在国内的时候常听人说，美国是儿童的“天堂”。我来到美国之后，常常留心，想看看天堂里的小天使是怎样生活的，和中国的“小皇帝”们有什么差别。

去年秋天的一个傍晚，我坐在一位朋友家的客厅里，望着落地窗外夕阳的余晖，聊着天。朋友告诉我，今晚6点钟，有一个小男孩要来卖鸡蛋，是事先约好的，送货上门。他叫泰勒，今年6岁。我对一个6岁的卖货郎颇感兴趣，想看个究竟。不一会儿，果然有个小男孩骑着小自行车准时来到了。随着一声门铃响，朋友将门打开，小男孩大大方方地走进来。他长着金黄色的头发，上身穿件白色T恤衫，下身是红色短裤，肩上背着沉甸甸的黑色背包。一声礼貌的问好之后，他卸下背包,放在地上,从包里拿出一个纸盒,打开纸盒,里边整整齐齐地摆着12个鸡蛋。我上前一看,这12个鸡蛋有深浅4种颜色:红的、粉红的、白的、灰的。泰勒说,这是4种鸡下的,然后随手盖上了盒子。在盒子上面用塑料薄膜压着一张他的2寸照片,正顽皮地笑着,照片下面有他家的住址和电话号码。我的朋友按价付给他2美元(比商店里的稍贵一点),另外又加了0.5美元作为鼓励。泰勒道谢后,拿出一张票据,请对方签上字,并写上下一次预购的日期。

泰勒这一套熟练的举动,令人感到非常可爱。我问他:"上学了吗?"他说:"才上一年级。"我又问他:"为什么要卖鸡蛋?"他说:"挣钱买玩具。"我说:"你妈不给你买玩具吗?"他弄个鬼脸说:"不该向妈妈要钱。"我跟朋友相视一笑,这哪像一个6岁的小孩!

目睹了泰勒卖鸡蛋的情景,我产生了进一步了解这个孩子的强烈愿望。朋友告诉我,泰勒的父亲是个律师,在丹佛。母亲生了两个孩子之后,辞职在家,是一个很好的家庭。

一天下午,在约定的时间里,我来到了泰勒家。泰勒母亲,一位非常健美的女人,站在门前热情地迎接来访者。她家的前花园长着几棵高大的松树和柏树,地上盛开着黄色和白色的菊花。花园中间是一幢两层的、红白两色的别墅式房屋。我们穿过房子的走廊,来到后花园,周围有数十棵我叫不出名来的大树,中间是宽大的草坪,在后花园的一角,有3棵硕果累累的苹果树,满院子散发着苹果的芳香。另一角有秋千、滑梯和跷跷板,是个游乐场。看得出,这是一个经济相当殷实的美国中等家庭。

在泰勒的引导下,我们走到了他的鸡舍旁边,名字叫"泰勒农场"。这是一个非常漂亮的鸡舍,木质框架,金属网栏,长、宽、高都有两米多,里里外外一片整洁,一群鸡正在觅食。

泰勒妈妈介绍说:"去年,朋友送我们一只母鸡,泰勒拿几个鸡蛋孵出了小鸡,慢慢地长大了。以后他又弄来一些鸡蛋,终于孵出12只母鸡,2只公鸡。他每天放学回来,首先跑到鸡舍,忙着添水加食,打扫鸡舍卫生。今年春天母鸡开始下蛋了，到现在，他卖鸡蛋已经挣了100多元钱。”做妈妈的流露出很得意的笑容。

我拍拍泰勒的双肩，深表赞许。问他：“你还喜欢做什么？”他回答说：“看书、滑雪、踢足球。”

“你知道在那遥远的地方有一个中国吗？”我问道。他点点头。

“你将来到中国去办企业吧！”听我说之后，他笑了，笑得那么甜，那么美。

自立妙语

俄国作家别林斯基说：“劳动使人变得高尚。”德国作家赫尔德说：“劳动是美德的源泉。”劳动是我们独立生活的必备技能，我们要从小养成爱劳动的好习惯，用我们的双手来装扮周围的一切，用自己的双手来创建我们美好的生活，因为，“劳动最光荣”！

文 王连波

邻居餐桌上的谜底

文 黄自林

那年我11岁，我刻骨铭心地记住了邻居餐桌上的谜底和妈妈说的“吃苦”两个字。

每晚入夜的时候，我总要瞧准机会，站在自家门口，闻对门邻居餐桌上飘出的肉香，然后抽动鼻子，把香气吸引肚子里去。久而久之，我甚至能分辨出邻居家吃的是什么肉，我不解邻居家的餐桌上为什么总

有鱼肉，而我们家十天半个月才能吃上一次肉。

我经常习惯吮着手指头站在门边看邻居一家吃鱼肉，口水从手指缝中流出。邻居常常会夹上一块肉放在我的手心，然后说："回去吧，回去叫你妈妈也买一点肉吃。"有时我弟妹几个也去，搅得邻居好烦。

有一天，我终于问妈妈："邻居的餐桌为什么总有鱼肉？"我想知道这个谜底。

妈妈没有回答我。一个星期天，妈妈问："你今晚想不想吃肉？"我说："当然想，做梦都想。"妈妈说："好吧，你跟我走。"

妈妈带我到一家建筑工地，她向工头要了一截土方，工头在土方上画了白灰线，挖完了线内的土方，给工钱20元。妈妈说："挖吧，挖完了，今晚就有肉吃了。"

我只挖了一会儿，手就软而且磨起了泡，妈妈比画着说："得两元钱了。挖吧，再挖挖又得两元了。"我又支撑了一会儿，终于挖不动了。我说："妈妈，这太辛苦了，我吃不了这种苦。"妈妈说："歇一会儿吧，你歇一下再干。"我就这样歇一会儿又干一会儿，而妈妈总是不停地干。我记得那是初秋，天气仍然很热，妈妈的衣服湿了干，干了又湿，衣服上都能看到盐渍了。这么苦，我甚至想今晚不吃肉了。我试探着把话说出去，妈妈说："孩子，不下苦力气，哪得世间钱。"

两天下来，我们终于把土方挖完了。妈妈从工头那儿领了20元钱。这时候，我连走路的力气都没有了。妈妈背上我，到集市上，问我喜欢吃鱼还是吃肉？我说都喜欢。妈妈就买了5元钱鱼、5元钱肉，留下了10元钱买盐油酱醋。

晚上，餐桌上摆上了香喷喷的大鱼大肉，弟妹们吃得香极了。妈妈对我说："孩子，我想你知道邻居餐桌上的谜底了。"

妈妈又说："这也叫吃苦，孩子，你知道吗？"我的心灵为之一震。面对餐桌上的鱼和肉，还有吃得正香的弟妹，我哭了。

那年我11岁，我刻骨铭心地记住了邻居餐桌上的谜底和妈妈说的"吃苦"两个字。

自立妙语

天下没有免费的午餐。要想吃上肉，就得付出艰辛的劳动，靠劳动挣钱才可能买到肉，而别人是不会施舍给我们的。学习也是如此，只是羡慕别人的好成绩是不能让自己的成绩提高的，必须得自己下苦工夫，勤恳努力才行。

文 王连波

刘教授和他的女儿

文 蔡 赋

我们通过自己的劳动，取得自己的报酬，既能体会挣钱的不容易，还能培养我们的独立精神。

上个月，为集资安装宿舍楼宽带网，我上门找隔壁的刘教授。我刚坐定，就见他的女儿可可用碟子给我端来一个已经削皮的苹果。

才七八岁的孩子，居然会削苹果，而且这么温文尔雅地送到客人面前，真难得。我连声夸奖她懂礼貌，会干活。她抿着小嘴笑着，回头问她的爸爸道："爸爸，早上买面包和现在削苹果，一共2元，给我吧。"

我暗暗吃惊，怎么这小孩做点家务就要钱？刘教授笑了笑解释说，这是他为女儿参加劳动而订的家规，已经实行一年多了。他说这样做，既可培养女儿的劳动积极性，同时也能培养她的商业意识，更重要的是可以让她懂得劳动创造财富的道理。他说："现在是市场经济，商业意识越强越好，要让她知道不干活就没得吃，没得穿。"

我笑问可可做家务赚了多少钱。她含羞带笑地说，大约得了850元，接着就一一告诉我，洗一次碗2元，倒一次垃圾1元，扫地2元，拖地3元，晾衣服2元，买面包1元……都是当天兑现。刘教授接着说，她劳动所得的钱都由她保管，由她开支——当然要事先报批。说到这里，可可抢着说："春节到桂林旅游，我自己出了600元，不够的，才由爸爸贴。"

我听了连连点头赞叹，想起自己的儿子，16岁了，连每天洗脸的毛巾、热水还要大人准备，很是感慨。

临别，可可对我说："蔡叔叔，你家的垃圾，以后都由我来倒，价钱跟我家一样，好不好？"见我犹豫，她又补充说："每晚7点半，我准时到你家，好吗？"

我握着她的小手笑道："不愧是经济学教授的女儿，真有商业头脑呀。"

第二天晚上，我正在看电视，听到有人敲门，起身一看，是可可。我开门问她做什么，她说："倒垃圾呀。叔叔，你怎么忘了？"啊，我恍然大悟，不禁笑道："我昨晚好像没答应你吧？"老实说，我不想让她倒，不是心疼那几个钱，而是怕人家误会，自己为了清闲而让人家七八岁的女孩当童工。

"我昨天说的时候，你没有说不同意吧。我爸爸说，你当时笑呵呵的，这就意味着同意啦。"

"这么说，你爸爸也同意？"

"当然同意，他还要到另外4家问问，要我把咱们这层楼6户人家的垃圾都包起来呢。"

我让她进屋后问："这么做是不是太辛苦？会不会影响学习呀？"

她说："我爸说过了，倒6家的垃圾，也就那么20分钟左右，不会影响学习。如果这样，我一天大约就有9元的收入。"她刚说到这里，只见刘教授进来接着说：

"三九二十七，一个月就是270元。270元意味着什么呢？可以买低档大米270斤。别小看呀，三四十年前，在我的家乡海南农村，270斤大米就是两口之家半年的口粮啊！”

啊，这位月收入达4000多元的经济学教授，说的话就跟农民一样。

自立妙语

不劳动就不能得食，这种观念可能在我们心目中还有点模糊吧。因为我们的衣食都是由父母操劳，我们似乎根本就不必去为此而担忧。但是，我们应该明白父母挣钱的艰辛，所以我们也可以通过自己的劳动，取得自己的报酬，既能体会挣钱的不容易，还能培养我们的独立精神呢。

文 孙正尧

因小失大

文 (美)本杰明·富兰克林

人类一切痛苦之事，大都由于对事情的错误估价，亦即“对他们的哨子付出了过高的代价”。

那时，我是个七岁的孩子。在一个假日里，家人往我口袋里装满了铜板，我立即向儿童玩具店跑去。路上，我瞧见别的孩子手里拿着哨子。哨子吹出的声音把我迷住了，我就把铜板统统掏出来，换了一只哨子。我回到家里，一蹦三跳地吹着哨子跑遍全屋，为此颇为得意，不想妨碍了一家人。我把买哨子所付的钱告诉了兄姐和堂哥堂姐时，他们说，我付了四个哨子的钱，还对我说，多付的钱本来可以买许多好玩的东西。他们取笑我做了蠢事，把我气恼得哭了起来。甚至一想到这件事，我所感到的羞辱，超过了哨子带给我的乐趣。

然而，这件事一直印在我的脑际，后来对我颇有益处，每当别人引诱我去买一些我用不着的东西时，我常常告诫自己，“别对哨子花太多的钱”，我把钱省了下来。乃至长大成人，来到大千世界，观察人的一举一动，我想，我遇到了许许多多“对哨子付出了太多的钱”的人。有的人渴望得到宫廷的青睐，把时间浪费在宫廷会议上，放弃休息、自由、美德，甚至朋友以求，我认为，“这种人对他的哨子付了过高的代价”。有的人争名夺利，时常参与政事，忽视自己的本职工作，最后因此而堕落，我认为，“这种人对他的哨子付出的代价实在太高”。

有的守财奴为了敛财致富，不惜置一切舒适、一切与人为善的快乐、别人对他的尊敬和友谊的欢乐于不顾，我说，“可怜的人啊，你为你的哨子付出了过高的代价”。专事寻欢作乐的人，不努力提高自己的志向或社会地位，忽视健康，只沉溺于眼前的良辰美景，我说，“错了，你这么做适得其反，在自找苦吃；你对你的哨子付出了过高的代价”。有的人热衷于修饰仪表，讲究衣着，欲置备美轮美奂的住宅，精雕细琢的家具和富丽堂皇的马车又力所不能及，结果债台高筑，“哎呀”，我感叹道，“他对他的哨子付出了太高太高的代价”。总而言之，人类一切痛苦之事，大都由于对事情的错误估价，亦即“对他们的哨子付出了过高的代价”——因小失大。

自立妙语

同学们有过因为买东西付出了超过东西本身价值的钱而后悔的经历吗？如果有，那么请别再继续为此而烦恼了。放开怀抱吧，因为我们还有更重要的事要做。我们现在的任务是学习，所以我们应该集中精力把学习搞好，不能把时间浪费在其他没有意义的事情上，不然我们就为我们的学习生活付出了许多不必要的代价。

文 孙正尧

钱不是攒来的

文 罗 宇

卡恩的智慧是死智慧，绅士的智慧是活智慧。钱是赚来的，而不是靠克扣自己攒下来的。

钱是什么？许多人认为，放在自己口袋里或者存在银行里的纸币就叫钱，犹太人却不这么认为。

卡恩站在百货公司的橱窗前，目不暇接地看着形形色色的商品。他身边有一位穿戴很体面的犹太绅士，这位绅士正站在那儿抽雪茄。卡恩恭恭敬敬地对他说："您的雪茄好像不便宜吧？"

"两美元一支。"

"好家伙……您一天抽多少支呢？"

"10支。"

"天哪！您抽了多久了？"

"40年前就抽上了。"

"什么？您仔细算算，要是不抽烟的话，那些钱足够您买下这家百货公司了。"

"这么说，您不抽烟？"

"我不抽烟。"

"那么，您买下这家百货公司了吗？"

"没有。"

"告诉您，这家百货公司就是我的。"

谁也不能说卡恩不聪明，因为：第一，他算账算得很快，一下子就计算出每支雪茄两美元，每天抽10支，40年所花的钱可以买下一家百货公司；第二，他懂得勤俭持家、积少成多的道理，并且身体力行，从来没有抽过2美元一支的雪茄。

但是谁也不能说卡恩具有生活的智慧，因为他不抽雪茄也没有省下买一家百货公司的钱。卡恩的智慧是死智慧，绅士的智慧是活智慧。钱是赚来的，而不是靠克扣自己攒下来的。

自立妙语

我们现在还在学习，还没有像父母一样为挣钱而工作。但是我们可以了解一些关于挣钱的事，这对我们的成长也是有帮助的。平时父母教导我们不能浪费钱财，一定要注意节约，但是有的人每天花费很奢侈，却能挣几亿家产，有的人节衣缩食，却仍然一贫如洗。这是为什么呢？因为钱是靠挣来的，而不是节约出来的。所以我们不仅要懂得节流，更要懂得开源的道理。

文 孙正尧

10块钱能干什么

文 邱成立

10块钱可以买一本课外读物，10块钱可以买一盒英语磁带，10块钱可以买一支普通钢笔，10块钱可以买到一份勤奋、一个志向、一颗恒心……

上课之前，林老师又看了看这次作文的题目。这次的作文题目实在有点儿怪，是一个小调查:10块钱能干什么?

10块钱能干什么呢? 林老师想:能买两碗烩面? 能买1扎啤酒? 10块钱太微不足道了,实在是做不了什么事,不知道学生会调查出什么结果。

林老师来到教室,刚把题目抄到黑板上,下面立刻出现了同学们的窃窃私语声:10块钱能干什么? 怎么出了这么个怪题目? 林老师清了清喉咙说:"同学们,这次的作文是一个小调查。请利用课余时间,问一问父母、长辈或其他人,10块钱能干什么? 然后把调查的情况写一写,明天早上交给老师。"

第二天,林老师一本一本地打开了学生交来的作业。

第一本上毛毛草草地写着:爸爸说,10块钱能打25分钟的电话。妈妈说,10块钱能买一只鸡腿。爷爷说,10块钱能买两包中档香烟。奶奶说,10块钱能买一顿早餐。我觉得,10块钱能买10个冰棒。

林老师看了看作文本上的名字,上面写着林小毛,一个普通工人的儿子。

第二本作业上龙飞凤舞地写着:爸爸背着妈妈对我悄悄地说,10块钱不够给服务生一次小费。妈妈说，10块钱买不到一支高级唇膏。爷爷说，10块钱买不到一包中华烟。奶奶说，10块钱打不了一圈麻将。我说，10块钱不够我一天的零花钱。

林老师叹了口气,摇了摇头,不用看名字,她也知道是包工头郑大发的儿子郑小发写的。

第三本作业上歪歪扭扭地写着:爸爸说，10块钱可以买一顿狗食。妈妈说，10块钱可以买一本时尚杂志。爷爷说，10块钱可以买一个最便宜的鸟笼。奶奶说，10块钱能让擦皮鞋的给她擦一次鞋。我说，10块钱可以让我打一次的到学校。

林老师知道,这是本市有名的房地产商王大赖的儿子王小顺写的。

第四本作业上有几行轻描淡写的字迹:爸爸说，10块钱用不着单独开发票。妈妈说，10块钱长啥样我没印象。爷爷说，10块钱装兜里太占地方。奶奶说，10块钱怎么能算钱?

不用说,这是市委秘书长的宝贝儿子写的。

第四十五本作业上工工整整地写道:爸爸说，10块钱是我干一天活儿的工钱。妈妈说，10块钱是我两天的饭钱。爷爷说，10块钱能买10枝俺孙子最爱吃的糖葫芦。奶奶说，我不知道10块钱能干什么，因为我的口袋里从没有超过10块钱。我说，10块钱能买20包方便面。每天中午吃一包，够吃20天。

林老师的眼泪一滴一滴地滴到了作业本上,她却全然不知。她想,这个孩子一定是班里成绩最优秀的李强。他的爸爸下岗了,听说一直没有找到合适的工作,只好到建筑队里给人家提泥搬砖,累死累活也挣不了几个钱。

林老师拿起钢笔，在李强的作业本上接着写道:10块钱可以买一本课外读物，10块钱可以买一盒英语磁带，10块钱可以买一支普通钢笔，10块钱可以买到一份勤奋、一个志向、一颗恒心……

想了想，林老师又在后面写上了一句话:你的奖学金已经发下来了，一共是100块。下午上课前来找老师领。

林老师又想了想,把100块改成了200块。然后从自己的工资袋里抽出100块,和李强的奖学金放到了一起。

自立妙语

10块钱在不同人的眼里,有着不同的作用。10块钱在有的人眼里什么都干不了,在有的人眼里却能干很多事。我们从10块钱的故事里,应该懂得钱都是得来不易的,我们应该合理地利用它,让它发挥出最大的价值。同样,我们的聪明才智也应该合理地利用在学习上,不能把它浪费在一些没有意义的事情上。

文 孙正尧

赚钱如同挖红薯

文 刘永好

能让一个人快乐的并不一定就是万贯家财，有的时候，用自己辛勤汗水换来的一点微不足道的收获，也能让人欣喜万分。

对于一个拥有很多财富的人来说，在钱的数字后面再加一个零和再加两个零没有什么区别。支撑一个人不断前进的应该是梦想和信念。

20多年来，我和我的企业以各种形式进入中国人的视野，从白手起家时的街谈巷议到拥有亿万财富。

在与时俱进的过程中，我感触最深的是社会的认同。要想得到社会的认同，仅靠国家的好政策还不行，更重要的是我们自身是否能做好，我们对社会公益事业是否做了应该做的事。1994年，国家颁布了“八七扶贫攻坚计划”。我找到几位民营企业家，说我们是好政策的受益者，我们是否应该做一些我们能够做的事，回报社会。大家觉得非常好，于是我们联合发起了“光彩事业”，就是我们这些先富起来的人把一部分财力、一部分经验带到相对贫困的地区，在那里投资建厂，在那里招收员工，在那里按章纳税……如果，先富起来的人都去做这些事情，渐渐地，我们商人就会被认同。

说实话，一个人，当钱已经能够满足他生活需要的时候，钱就已经不是最重要的了，最重要的就是被人尊重，被社会认同了。

我想，作为拥有比较多财富的群体，在考虑自身发展的同时，也应该考虑财富是从哪里来的,我们为什么能够得到这样的财富?如果能考虑到这些,应该说,他就会有一个比较好的心态了。至于说,一个很富有的人忽然变得没有财富了,如果这个人是我的话,我觉得没有问题。

我和我的兄弟们是做养殖业起家的,我们养鹌鹑,看着鹌鹑下蛋,把它们卖出去,再一分钱一分钱攒起来;我们要生产饲料,要给它们吃补品,要给它们打扫卫生,还怕它们生病了……多不容易啊,每挣一分钱都不容易。有了这种经历,我们就相对能吃苦,能够在困难的条件下去创业。

现在我们不但做农副产业,还做金融投资业、房地产业、零售业。对我而言,在钱的数字后面再加一个零和再加两个零没有什么区别。但是,如果一个人只把挣钱、活得舒服当做追求的唯一目标,那就太悲哀了。我觉得,支撑一个人不断前进的应该是梦想和信念。

实际上,一个人小时候养成的习惯是很难改变的。比如说我喜欢吃麻婆豆腐、回锅肉、水煮萝卜,吃这些东西,我就高兴,就吃得饱。即使你现在花几万元钱请我吃一顿,我也不会觉得有多好。我小时候家里穷,7口人就靠父亲一人的工资维持生计。因此,我尽可能帮助家里做一些事儿:捡煤渣、打零工。20岁之前,我几乎没穿过新衣服,没有穿过新鞋。我对我妈说:“要是今后能够一周吃一顿回锅肉、两天吃一次麻婆豆腐就好了。到了共产主义的时候,是不是能实现?”我妈说:“大概能够吧。”

我不知道别人如何看待财富。我曾在四川西昌的一个山坡上,看见一对老夫妻在挖红薯,挖出来的红薯特别大、特别多,他们特别高兴、特别幸福,因为他们种的红薯丰收了,尽管可能卖不了多少钱,但那种丰收的喜悦,跟拥有亿万财富的喜悦,我觉得在内心的感受上是一样的,并没有什么区别。这件事对我触动特别大,到现在,他们的形象在我的脑海里依然特别清晰。

自立妙语

能让一个人快乐的并不一定就是万贯家财，有的时候，用自己辛勤汗水换来的一点微不足道的收获，也能让人欣喜万分。我们每个人不能都为钱而活着，我们还要为很多有意义的事而活着。活着最重要的是让自己开心，所以我们更需要寻找到自己真正感兴趣而且有意义的事去做。

文 孙淑贤

没有人替你埋单

文 上善若水

虽然有些时候，钱不是问题，帮助他也不是问题，但是，没有人会替他埋单！

有朋友从美国回来。

大概有十多年，他没有吃过正宗的家乡菜。于是找饭店为他接风，相谈甚洽，宾主尽兴。但是到了结账的时候，闹得却有些不愉快。

他拿出了钱，非要AA制，当着他妻子和孩子的面。我感觉他是给了我一个狠狠的耳光，当然无论如何也不能接受。

但是一向随和的他却执意要如此。回宾馆的路上，我很是不悦。他问我："是不是觉得我AA制，是没有给你面子。"

因为关系实在太好，没什么可以隐瞒的，我点了点头。

他说，那我讲个故事给你听。

在康斯威星一所中学里。有两个孩子出去爬山，一个中国孩子，一个美国孩子。他们选择的山比较危险，因为风化，时常有岩石坍塌。

这两个孩子很不幸地在要下山的时候遇到了坍塌，结果，两个孩子分别被困在了巨大的岩石与碎石的两边。那个美国孩子被碎石砸伤了左腿，一动就疼彻心肺，他判断，自己是骨折了。

天很快就要黑了下来，黑暗像个巨兽一样要吞噬掉整个世界。如果到了夜里，寒冷和饥饿，也许会让他们眩晕，甚至夺去他们的生命。

于是，那个美国孩子开始尝试着用手支撑着自己的身体，慢慢地向岩石堆上爬去，他受伤的腿上的血迹染红了整个岩石。快要爬上最大的那块岩石的时候，他的伤腿碰到了岩石的棱角，剧痛让他无法双手继续用力抓住岩石，他重新掉落下来，在岩石上滚来滚去，像个皮球一样。

伤上加伤的美国孩子几乎绝望了，躺在岩石堆里，大口大口地喘气。但是十几分钟后，他因为寒冷而开始感觉到麻木的身体提醒他，必须要出去，必须。

这一次，这个美国孩子取得了成功，他爬上了岩石，但是岩石距离地面还有两三米的高度，这个孩子的腿无法让他平稳落地，他干脆闭上眼睛，选择了全身滚落下去。

没有人能想象，这个孩子是如何坚持爬回小镇的。他向别人冷静地讲述了自己遇到危险的地点和时间，而且说有一个中国孩子很可能还在那里。

经过检查，这个美国孩子左腿胫骨骨折，在滚落岩石的时候，肋骨受到撞击，也折断了两根，身上碰撞出来的伤口和淤青不计其数。

大人们把他送到了医院，然后去救援那个中国孩子。那个中国孩子被找到的时候，寒冷和恐惧已经让他奄奄一息，再晚来一会儿，很可能就会失去生命。

朋友说到这里，我忽然发现他的孩子已经羞得满面通红。突然，孩子像是下定了什么决心，对我说：“叔叔，那个中国孩子就是我。”

“那个美国孩子为什么比他坚强，你知道吗？”朋友忽然问我。

我摇摇头。朋友说：“其实说起来，原因简单得让人无法置信，只因为美国人从孩子很小的时候开始，出去吃饭都是AA制，他们每个人都会告诉孩子一个必须AA制的理由，那就是无论发生什么事情，人生里没有人替你埋单，就算你的父母，也不会。”所以，这个美国孩子知道，要活下去必须靠自己，无论有多么危险。而中国孩子则受到过太多的帮助，遇到危险，哪怕是不行动就会丧失生命，他也习惯性地等待着别人的救助。

“没有人替你埋单”，这么简单的一句话，AA制吃饭的一件小事，就塑造了美国人现在独立拼搏的特性。我忽然想回去把这个故事讲给我的孩子听，我要告诉他，虽然有些时候，钱不是问题，帮助他也不是问题，但是，没有人会替他埋单！

我希望，更多的人能够告诉更多的孩子：没有人会替他埋单。

自立妙语

或许我们不可能都有像史泰龙那样健壮的身躯，也没有武侠小说里那来去如飞的本领，我们在某些困难面前可能显得很渺小，有时候甚至是无助的。但是我们有坚强的心，有这个就足够了。在困难面前，我们不要去寄希望于有超人或者侠客来拯救自己，我们所要做的是用自己那颗不屈服的心来战胜困难，让自己拯救自己，这才是最可靠的，因为没有人会替我们埋单。

文 孙淑贤

如果我们能认真地去做每一件事，并很努力地做到最好，那还有什么能阻止我们成功呢？

第6辑 你的尊严要靠你自己争取

那天，他父亲让伙计过去一下。伙计边跑边把正燃着的烟塞进裤子口袋，一会儿，裤子开始冒烟，但父亲什么都没有说，直到伙计汇报完工作狼狈地离开。他愤怒地对父亲大喊："你怎么能这样对待别人！"父亲心平气和地对他说："我没有让他把烟斗放进口袋，桌子上有烟灰缸，他也可以把烟头扔到门外，甚至可以继续抽烟，但他选择了口袋。"见他没怎么听明白，父亲又说："你应该知道，每一个人都有尊严。不要为了别人的脸色而自卑。记住，永远不要低三下四。"

一个臭词儿

文 (英)兰·波西列克　金坚范/译

有的时候，可能只是简单的一句话、简单的一个词，甚至简单的一个字，都会带给别人深深的、无法愈合的伤痛。

一只小熊进了荆棘丛生的灌木林而走不出来，一位樵夫路过，把它救了。

母熊见到这件事，便说："上帝保佑您，好人。您帮了我大忙，让我们交个朋友吧，怎么样？"

"嗯，我也不知道……"

"为什么？"

"怎么说呢？是不能太相信熊吧。虽然肯定地说，这并不适用于所有的熊。"

"对人也不能太相信，"熊回答，"可这也不适用于您。"

于是熊和樵夫便结成了朋友，两人交往甚密。

一个夜晚，樵夫在树林中迷了路。他找不到地方睡觉，就到了熊窝。熊安排他住了一宿，还以丰盛的晚餐款待了他。翌晨，樵夫起身要走。熊吻了吻樵夫，说，"原谅我吧，兄弟，没有能好好招待您。"

"不要担忧，熊大姐，"樵夫回答，"招待得很好，只是有一点，也是我唯一不喜欢你的地方，就是你身上那股臭味。"

熊听了怏怏不乐。她对樵夫说："拿斧子砍我的头。"

樵夫举起斧子轻轻打了一下。

“砍重一点！砍重一点！”熊说。

樵夫使劲砍了一下，鲜血从熊的头上迸了出来。熊没有吭一声。樵夫就走了。

若干年后。有一次，樵夫不知不觉地到了离熊窝很近的地方，就去看望熊。熊衷心地欢迎他，又以丰盛的食品来招待。告辞时，樵夫问：“伤口愈合了吗？熊大姐。”

“什么伤口？”熊问。

“我打你头留下的伤口。”

“噢，那次痛了一阵子，后来就不痛了，伤口愈合后，我就忘了。不过那次您说的话，就是您用的那个词，我一辈子也忘不了。”

自立妙语

我们说话一定要注意分寸，要顾及别人的尊严，不能任性说话，要注意看形势，不然有的时候，可能只是简单的一句话、简单的一个词，甚至简单的一个字，都会带给别人深深的、无法愈合的伤痛。

文 孙淑贤

膝下有黄金 文 胡 昕

一个人，只有捍卫了自己的尊严，信念才不会缺失，人生的阵地才不会陷落。

他36岁时，是北京的一所名牌高校的博士生导师。他在接受我的采访时说：“别的没什么好说的，我只跟你讲一个小故事，也许对读者

还有点益处。”

他说——

我母亲是在我7岁那年去世的，继母来到我家的那一年我11岁了。刚开始，我不喜欢她，大概有两年的时间我没有叫她“妈”，为此，父亲还打过我。可越是这样，我越是在情感中有一种很强烈的抵触情绪。然而，第一次喊她“妈”，却是我第一次也是唯一一次挨她打的一天。这天中午，我偷摘人家院子里的葡萄时被主人给逮住了。主人的外号叫王胡子，我平时就特别畏惧他，如今在他的跟前犯了错，我吓得浑身直哆嗦。王胡子说，今天我也不打你不骂你，你只给我跪在这里，一直跪到你父母来领人。听说要我跪下，我心里确实很不情愿。王胡子见我没反应，便大吼一声：“还不给我跪下！”迫于他的威慑，我战战兢兢地跪了下来。这一幕，恰巧被我的继母给撞见了。她冲上前，一把将我提起来，然后，对王胡子大骂道：“王胡子，你简直是一个王八蛋！”继母平时是一个没有多少言语、性格内向之人，突然如此震怒，让王胡子这样的人都不知所措。我也是第一次看到继母性情中另外的一面。

回家后，继母用尺子狠狠地抽打了我的屁股，边打边说：“你偷摘葡萄我不会打你，哪有小孩不淘气的！但是，别人让你跪下，你就真的跪下？你知道吗？膝下有黄金，膝下有黄金呀！像你这样，将来怎么成人？将来怎么成事？”继母说到这里，突然抽泣起来。尽管我当时只有13岁，但继母的话在我的心中还是引起了震撼。我猛地抱住了继母的臂膀，哭喊道：“妈，我以后不这样了。”

这个小故事似乎只是我情感中的一个细节，但随着我年龄的增长，它渐渐成了我生命中的主题。“膝下有黄金”，继母的话一直深刻地影响着我。一个人，只有捍卫了自己的尊严，信念才不会缺失，人生的阵地才不会陷落。

自立妙语

人们常说:男儿膝下有黄金。其实,每个人的膝下都有黄金。这是为什么呢?因为每个人的膝下都有一种尊严,黄金有价,而尊严无价,所以膝下的尊严可以说比黄金还要珍贵。我们一定要珍视自己的尊严,不能轻易地就丧失了自己的尊严,不然自己会一辈子成为别人嘲讽的对象。

文 孙淑贤

擦鞋的朋友

文 甜欣儿

他的安详感染了我,在各种目光和窃窃私语里,我终于也安详起来。

他是个擦皮鞋的男孩子,一个偶然的机会,我认识了他。在解放路繁华的大街上,常常有他流动的背影和快乐的歌声。

那天中午,我出去吃饭,又见到了他,他照例坐在人行道旁,埋着头,正在替人擦皮鞋。在初春的阳光下,他显得单薄而瘦小。

我在他身边停下来,他抬头见是我,立刻笑了,“你怎么会来呢?”他问。

“哦,我去肯德基吃饭,路过这里……”我不假思索地说。他点点头,手脚麻利地收拾好他的小摊子,然后,拍拍身上的灰尘,说:“走吧,我们一起去肯德基。”我很难堪,然而,他向前走时的快乐阻止了我想拦住他的冲动。肯德基就在不远的地方,只走几步就到了。他推门进去，立刻吸引了所有人的目光——那明显发育不良的瘦小的躯干，裹在破旧且沾了油污的衣服里；一头乱发盖在他同样沾了油污的额上；他穿着一双落满了灰尘早已走了样的破皮鞋，就这样站在明亮干净的餐厅里，是如此的格格不入。然而他却笑着，仿佛无视这些目光的存在。他踌躇了一会儿，转头问我："怎么点呢？我从没来过这儿。"

我醒悟过来，越过他走向柜台，却被他拦住了，"我请你，真的，我请得起。"

他挺了挺他并不强壮的胸膛，脸上露出一种庄重的神情，然后走向柜台。他研究了那张价目表后，向那个吃惊但仍然微笑着的小姐说："请给我两份套餐。"他彬彬有礼，如同一位绅士。

我呆呆地站在那里看他从怀里掏出钱，那些皱皱的小票，被他细心地理过，整整齐齐的，他一张一张地数着，在众多诧异的目光里，郑重地把钱放在柜台上。

我知道他擦鞋的价钱，知道他平常的午餐是两个包子加一杯清水，也知道他在那家小旅馆里住一夜是两元钱，我还知道他过年时只给自己买了半只烧鸡……

他站在柜台前，带着些许好奇打量着面前的一切，脸上是宁静的笑。我忽然想起我们初识时他站在我面前，那不加掩饰的既好奇又渴望了解的表情。

我敢说那天中午我们是整个餐厅里最引人注目的。一个时髦的女孩与一个擦皮鞋的男孩坐在一起啃着鸡块，也许我自己见到也会吃惊。然而，他的安详感染了我，在各种目光和窃窃私语里，我终于也安详起来。

在快吃完的时候，他忽然说："以后，别跟人说你有一个擦皮鞋的朋友。"

我吃了一惊，问他为什么。他低着头，拨弄着色拉，良久才说："人家会笑话你的。"我的泪一下子涌上来了。而他慢慢地抬起头，看着窗外。泪眼蒙眬中，我看见他眼角那一抹宁静的笑。

此后，在很多个日子里，我都会想起那个瘦小的身影，想起他站在那些目光交错而成的网里的宁静的微笑。每当这时，我都情不自禁地说："我有个好朋友，他是擦皮鞋的……"

自立妙语

有的人有千万家产，有的人却贫穷不堪。但是贫穷的人并不是低贱的人，他们也有自己的尊严。我们不能因为一个人穷而瞧不起他，因为在他内心的深处，也有作为一个人的良知和尊严，他的内心里仍然渴望被尊重。

文 孙淑贤

自 尊

文 张 杉

贫穷的人，如果能够自立，那么他就是一个值得尊敬的人。

在同学聚会的酒桌上，一位当老师的同学讲了一个小女孩的故事——

小女孩今年8岁，上小学二年级。她是一个可怜的孩子，因为她的父母离婚后都各自有了家，她跟着年迈的爷爷一起生活。爷爷只有微薄的退休金，祖孙两人相依为命。

"这个孩子特别懂事。一个女孩子呀，你们想象不出她有多么细腻的内心世界，我们之间有着一个秘密的默契。”

小学生的作业本用得很快，过不了多久就要买新的，没有人对此有异议。有一次，在课间休息的时候，所有的同学都到外面玩去了，只有她，嗫嚅着走到讲台旁，仰着小脸伸出小手，递给我一支铅笔，对我说：“老师，我想请您以后用铅笔给我改作业。这样，用完的作业本，我用橡皮擦一擦，就像新的一样可以再用。”

当时我注视着这个孩子的眼睛，忍不住就要掉眼泪。我接过了那支铅笔，说：“这是我们两个人之间的秘密，我一定用只有我们俩才能看清楚的符号来批改你的作业。”

小女孩特别开心，冲出教室，冲进同学们当中。此后，有好几个星期的时间我真的用铅笔给她批改作业，而且悄悄地告诉她：“如果你都做对了，老师就只写上优秀两个字，这样容易擦。”为此，这孩子一直保持优秀的成绩。

后来小女孩的生日到了，我买了整整50本练习本给她。我对她说，这是对她作业一直优秀的奖励，也是因为老师和她共有一个秘密的默契，并且我将一直和她保守这个秘密……

酒桌上一片寂静。

临别时，在座的每个人都拿出200元钱递给这位老师请她转交给小女孩，并告诉她：这是一群大人们对她——一个小女孩自尊的礼赞。

自立妙语

贫穷并不是一种罪过，所以贫穷的人不应该受到别人鄙夷的眼光。贫穷的人，如果能够自立，那么他就是一个值得尊敬的人。因为他知道怎么在贫穷中奋斗，他在贫穷中拥有一份宝贵的财富——坚强。这样的人，今后也一定能够凭借自己坚强的意志，为自己拼得一份好的生活。

文 王立坤

下跪的市长

文 马国福

市长下跪并不仅仅是为了一张照片，更重要的是对中国教育的尊重，对中国老师人格和尊严的尊重与呵护。

有个在小学当老师的朋友给我讲过这样一个故事。

他们学校有个女英语老师身高不足1.4米，但口语教得非常好，在省市县各类比赛中多次获过大奖，多次被上级评为教学能手。有一年，她被县里作为唯一的代表派到省里参加一个教育团到新西兰进行外事访问学习活动。在众多已是业务精英的老师当中她是外表最不起眼的一个。

在新西兰访问期间，他们意外地受到了当地市政府的隆重欢迎，更没想到的是该市的市长亲自出面接见他们。政府先安排他们参观了当地的学校并和老师学生进行了互动交流，然后安排他们到当地旅游胜地旅游。在短短的几天访问时间里，日理万机的新西兰市市长数次接见了他们。这让他们非常感动。临走的那天，宴会结束后他们想和市长合影留念，但谁也不敢提出合影的要求，因为市长确实太忙了。出乎意料的是吃过饭后，市长主动提出合影。当摄影师调焦距选角度的时候，难题出现了。身高超过2米的市长与身高只有1.4米的那位老师的确悬殊太大了，相比而言，市长像一棵挺拔的大树而矮小的老师就像一丛灌木，整个画面十分不和谐，无论怎样选角度调焦距都无法将集体合影完美地表现出来。这让摄影师显得很窘迫，更让矮个子的老师十分尴尬，她，红着脸提出自己不想合影的要求，不料被市长微笑着否定了。所有在场的人将目光投向充满阳光气息微笑着的市长，让大家始料不及的是，市长当众微笑着跪了下来，此时的画面正好符合摄影师拍照的最佳高度，画面布局十分和谐。

一个帅气十足风度翩翩的市长竟然为了一个矮个子的中国女教师完美地进入画面跪了下来！这在我们所处的环境是想也不敢想的事情。老师们的眼里有了泪。

市长下跪并不仅仅是为了一张照片，更重要的是对中国教育的尊重，对中国老师人格和尊严的尊重与呵护。

据说那个市长在新西兰是万人迷，全市的男女老少都十分喜欢他。难怪我们的老师流泪，市长降低身高温情的一跪，既提升了中国老师的自信和尊严，又提升了一个城市的品位和魅力。他是在用润物细无声的温情感动着每一个需要关照呵护的心灵啊，这不光是市长的自豪，也是一个城市的自豪。

自立妙语

下跪并不代表着是屈辱，这得看是什么样的情况。我们应该维护自己的尊严，但也应尊重别人的尊严。有的时候，为了表示对他人的尊重，让自己委屈一点，这样的人反倒既尊重了别人的尊严，同时也让自己的尊严更加完美了。

文 王立坤

尊严的含金量

文 李雪峰

一个有尊严的人，懂得如何靠自己的能力去挣钱，如何去为生活而奋斗。

80多年前的一个冬天，美国南加州沃尔逊小镇上来了一群流亡者。长期的辗转流离，他们每个人都面显菜色，疲惫不堪。善良而朴实的沃尔逊人，家家都燃炊煮粥，友善地款待这群年轻人。镇长杰克逊大叔给一批又一批流亡者送去粥食。这些流亡者显然已经好多天没有吃到这么好的食物了，接到东西后，连一句感谢的话也来不及说，就狼吞虎咽，大口大口地吃起来。

只有一个人例外。当杰克逊将食物送到他面前时，这个脸色苍白、骨瘦如柴的年轻人问："先生，吃您这么多东西，您有什么活儿需要我做吗？"杰克逊大叔想，给流亡者果腹的饭食，每个善良的人都会这么做。于是他说："不，我没有什么活儿需要您来做。"

那个流亡者的目光顿时黯淡下来，硕大的喉结剧烈地上下动了动，说："先生，那我就不能随便吃您的东西，我不想没有经过劳动，便平白得到这些东西！"杰克逊大叔想了想又说："我想起来了，我家确实有一些活儿需要你帮忙。不过等你吃过饭，我就给你派活儿。"

"不，我现在就干活儿，等干完了活儿，再吃这些东西！"那个年轻人站起来。杰克逊大叔十分赞赏地望着这个年轻人，但他知道这个年轻人已经两天没有吃东西了，又走了这么远的路，可是不让他做些活儿，他是不会吃下这些东西的。杰克逊大叔思忖片刻说："小伙子，你愿意为我捶捶背吗？"说着就蹲在那个年轻人跟前。年轻人也蹲下来，认真而细致地给杰克逊大叔轻轻地捶背。

捶了几分钟，杰克逊大叔很惬意地站起来说："好了，小伙子，你捶得真棒，刚才我的腰疼，可现在，它舒服极了。"说完，将食物递给那个年轻人。年轻人立刻狼吞虎咽地吃起来。杰克逊大叔微笑地注视着他说："小伙子，我的庄园需要人才，如果你愿意留下来，那我可就太高兴了。"

那个年轻人留了下来，并很快成了杰克逊大叔庄园里的一把好手。过了两年，杰克逊大叔把女儿玛格珍妮许配给了他，杰克逊大叔告诉女儿："别看他现在什么都没有，可他百分之百是个富翁，因为他有尊严！"

20多年后，那个年轻人果然有了一笔让所有美国人都羡慕的财富。这个年轻人就是美国石油大王哈默。

自立妙语

拥有尊严的人，同时也拥有了一笔宝贵的财富。一个有尊严的人，懂得如何靠自己的能力去挣钱，如何去为生活而奋斗。这样的人，也是有理想有目标的人，所以他们在生活中，也会成为一个出类拔萃的人。

文 王立坤

穷人的自尊

文 犮 蓉

如果一个礼物里，包含了一个人的尊严，一个人的真诚，那么这个礼物就是弥足珍贵的。

丈夫在一所重点中学教书，我们便住在这所学校里。这天，一个女学生来敲门，跟在她身后的是一位中年人，从眉目上看，显然是女学生的父亲。

进得屋来，父女俩拘谨地坐下。他们并没有什么事，只是父亲特地骑自行车从80多里以外的家来看看读高中的女儿。"顺便来瞅瞅老师。"父亲说，"农村没什么鲜货，只拿了十几个新下的鸡蛋。"说着，从身上挎的布兜里颤巍巍地往外掏。布兜里装了很多糠，裹了十几个鸡蛋。显然，他做得很精心，以避免鸡蛋被挤破。

我提议中午大家一起包饺子吃，父女俩一脸惶恐，死活不肯，被我用老师的尊严才"震慑"住，吃饺子时，父女俩依然拘束，但很高兴。

送走女学生和她的父亲，丈夫一脸诧异。他惊奇从来都把送礼者拒之门外的我，为何因十几个鸡蛋而折腰？还破例要留父女俩吃饺子？望着丈夫不解的眼神，我微微一笑，讲述了20年前自己经历的一件事。

在我10岁那年的夏天，父亲要给外地的叔叔打一个电话。天黑了，我跟在父亲身后，深一脚浅一脚地去10里以外的小镇邮电局。我肩上挎的布兜里装着刚从自家梨树上摘下来的7个大绵梨。这棵梨树长了3年，今年第一次结了7个果。小妹每天浇水，盼着梨长大。但今天晚上，梨被父亲全摘下来了。小妹急得直跺脚，父亲大吼："拿它去办事呢！"

邮局早已下班。管电话的是我家的一个远房亲戚，父亲让我喊他姨爹。进屋时，他们一家正在吃饭。父亲说明来意，姨爹嗯了一声，没动。我和父亲站在靠门边的地方，破旧的衣服在灯光下显得分外寒酸。一直等姨爹吃完饭，剔完牙，伸伸懒腰，才说："号码给我，在这儿等着，我去看看能否打得通。"5分钟之后，姨爹回来了，说："打通了，也讲明白了，电话费9毛5分。"父亲赶紧从裤兜里掏钱。

父亲又让我赶快拿绵梨。不料，姨爹一只手一摆，大声说："不，不要！家里多的是，你们去猪圈瞧瞧，猪都吃不完！"

回来的路上，我跟在父亲的身后，抱着布兜，哭了一路。仅仅因为我们贫穷，血缘和亲情也淡了，仅仅因为贫穷，我们在别人的眼里好像就没有一点点自尊。

在以后的成长过程中，姨爹摆手的动作一直深深藏在我心里。它像一根软鞭时时鞭打着我的心灵，我不会做姨爹那样的手势，给一个女孩子的记忆抹上灰色的印痕。我相信，我今天的饺子将给女孩子留下抹不去的记忆，因为爱心的力量总比伤害的力量大得多。

自立妙语

有的礼物价值千金，可是在人看来只觉得轻如鸿毛；有的礼物分文不值，但是在人看来却比什么都尊重。因为礼物也要看送的人，礼物里面如果只是一种赤裸裸的金钱，那么这种礼物到处都是。可是，如果一个礼物里，包含了一个人的尊严，一个人的真诚，那么这个礼物就是弥足珍贵的。

文 张　敏

不必低三下四

文 董 刚

每一个人都有尊严。不要为了别人的脸色而自卑。记住,永远不要低三下四。

那天,他父亲在办公室看账本,可能有地方不明白,让伙计过去一下。伙计当时正在抽烟。伙计知道老板最讨厌别人抽烟,边跑边把正燃着的烟斗塞进裤子口袋,来到老板面前。

父亲应该看到了伙计的举动,因为伙计的裤子开始冒烟。但父亲什么都没有说,冷冷地看着伙计,直到伙计汇报完工作狼狈地离开。

他看到这一幕,愤怒地对父亲大喊:"你怎么能这样对待别人!"从他记事起,父亲给他的印象就是不苟言笑,虽然很严肃,但心地善良,从不把气愤挂在脸上,是个少有的好人。他的想法很简单,既然是好人,就不能这样。

父亲心平气和地对他说:"我没有让他把烟斗放进口袋,桌子上有烟灰缸,他也可以把烟头扔到门外,甚至可以继续抽烟,但他选择了口袋。"见他没怎么听明白,父亲又说:"你应该知道,每一个人都有尊严。不要为了别人的脸色而自卑。记住,永远不要低三下四。"

许多年之后,他长大成人。虽然来自非洲一个很小的国家,但是通过努力,他成为联合国第七任秘书长,执掌联合国10年之久。

他就是科菲·安南。联合国秘书长这个位子并不好坐,很多人都有权对他指手画脚。在那些大国面前,安南的策略是,不管谁提意见或建议，他都认真聆听，但只按照自己的思路做事。因安南从来没有低三下四，联合国在他的领导下每天都有新的变化。即使那些看不起他的国家的人，在评价他人品的时候也赞不绝口。

安南得到的这一切，与父亲的教育是分不开的。“不低三下四”让他在做事的时候没有心理负担，坚持自己的想法。这是他事业成功的关键因素之一。

自立妙语

尊严是我们自己的，所以我们不能乞求别人给我们尊严，而应该靠自己去争取。如果我们以乞求的眼光，希望获得别人的同情，那么我们就不会有什么出息。相反，我们能够坚持原则，不下贱，不自卑，我们就一定能够树立自信，从而让自己在今后的人生路上，赢得别人更多的尊重。

文 张 敏

弯弯腰，拾起你的尊严

文 王志明

当我们的尊严遭到别人的侵害时，我们也要勇敢地为自己的尊严而斗争。

七十多年前，一位挪威青年男子漂流来到法国，他报考著名的巴黎音乐学院。考试的时候，尽管他竭力将自己的水平发挥到最佳状态，但主考官还是没能看中他。

身无分文的青年男子来到学院外不远处一条繁华的街上，勒紧裤带在一棵榕树下拉起了手中的琴。他拉了一曲又一曲，吸引了无数人驻足聆听。饥饿的青年男子最终捧起自己的琴盒，围观的人们纷纷掏钱放入琴盒。

一个无赖鄙夷地将钱扔在青年男子的脚下。青年男子看了看无赖，最终弯下腰拾起地上的钱递给无赖说："先生，您的钱掉在了地上。"

无赖接过钱，重新扔在青年的脚下，再次傲慢地说："这钱已经是你的了，你必须收下！"

青年男子再次看了看无赖，深深地对他鞠了个躬说："先生，谢谢您的资助！刚才您掉了钱，我弯腰为您捡起，现在我的钱掉在了地上，麻烦您也为我捡起！"

无赖被青年男子出乎意料的举动震撼了，最终捡起地上的钱放入青年男子的琴盒，然后灰溜溜地走了。

围观者中有一双眼睛一直默默关注着青年男子，他就是刚才的那位主考官。他将青年带回学院，最终录取了他。

这位青年男子叫比尔·撒丁，后来成为挪威小有名气的音乐家，他的代表作是《挺起你的胸膛》。

弯弯腰，拾起你的尊严！

自立妙语

对别人的取笑甚至是侮辱，我们不能熟视无睹。不能因为自己很卑微，别人很强势而丧失了起码的尊严。当我们的尊严遭到别人的侵害时，我们也要勇敢地为自己的尊严而斗争。不然，我们将很难堂堂正正地做人。

文 张 敏

硬币的尊严

文 杨 晶

"难道你不知道,硬币上有贵国的国徽吗?"外国留学生一字一句用力地说道,显然有些愤怒。

大学的校园里,并肩走着两个人:一个中国大学生,一个外国留学生。中国学生已经大四了,学国际经贸的,他很想走出国门看一看;外国留学生热爱中国悠久的文化,他到中国来是为了学习汉语。两人经常在一起聊天,一个为练习口语,一个为了多打听国外留学的消息。

一天,两人又在校园的大道上边走边谈,照例中国学生又问了许多关于出国留学的事,外国留学生也仍旧细心地回答,末了外国留学生问道:"你出国以后还想回来吗?"

"你觉得呢?"中国学生反问道。

"多数留学生出去以后,只要有机会,他们都是不愿意回来的。除非他们实在是混不下去了。"外国留学生笑了笑。

"我是愿意回来的……我觉得祖国还很需要我们的,特别是需要那种从国外带回来新的本领和技术的人才。以前这种人才的确回来得很少,难怪有人说中国的留学生是为外国企业准备的……不过我是爱国的那种。"两人相视一笑。

中国留学生伸手往裤兜里掏烟,忽然,"砰"的一声闷响,一个小东西从他裤兜里掉了出来。两人停了下来,几乎同时向地上看去,一枚一角钱的硬币躺在两人中间。中国学生"嘿"了一声,不屑地对着沾了土的硬币就是一脚，硬币“嗖”地飞出去了三四米。

外国留学生大叫一声：“Oh！ No！ ”

中国学生惊讶地呆望着他，不知道为什么No，不就是一角钱吗？

“难道你不知道，硬币上有贵国的国徽吗？ ”外国留学生一字一句用力地说道，显然有些愤怒。

中国学生什么也说不出来，呆呆地站在那儿……

自立妙语

尊严不是凭说一句话就能体现的，尊严需要靠我们用实际行动来体现。正如爱国之心一样，我们说再多信誓旦旦的话，如果没有实际行动，那“话语”只会显得苍白无力，别人也会觉得这样的人很虚伪。

文 张 敏

中国式尊严

文 冯 华

为了维护自己的尊严而冒犯别人，甚至激怒了别人，并不能说我们没有礼貌。

有一种感动，来自我们的自尊；有一种骄傲，它的名字叫中国。

近几年，大批富起来的中国游客蜂拥前往世界各地观光，你能在不同的陌生国度看到越来越多的中文警示牌：禁止随地吐痰、禁止随地大小便、禁止吸烟……这让我们这些能看懂中文的人真有些无地自容。如何在全世界面前保持尊严，我去吉隆坡读书的第一天，就不得不面对这个问题。来自各国的留学生(比例最大的是中国人)必须先通过一次语言水平测试,依据测试成绩确定入学等级。考试地点在一个大阶梯教室,学生们自由落座,由英语系两位老师监考。当其中一位深色皮肤、一口标准英式英语的S小姐草草视察过座位布局后,忽然暂停发卷,匆匆跑上讲台。

“请注意,所有中国学生不允许坐在相邻的座位!”她大声宣布,“中国学生必须和其他国家的学生隔开来。”

很多学生英语水平差,没听懂她的话,交头接耳地打听。我听懂了,并且知道邻桌的也是一位中国学生,但是我没动。教室一片大乱,在S小姐的再三催促下,中国学生都按她的要求间隔开来落座了。我身边的中国学生也要换开,我阻止了他。

“如果我们换位置,证实我们的确有作弊的嫌疑。”我说,“反正我不换。”

他也不换了,S小姐很快走到我们面前。

“你们都是中国学生吧?”她说,“请将座位换开。”

我坐在原地一动不动,心平气和地用英语回答她:“别国的学生不换,我也不会换。如果你因为我们是中国学生就认定我们会作弊,你可以一直站在我们身边监考。这总可以了吧?”

她看了我几秒钟,没说什么,转身走开,宣布考试开始。接下来的两小时,我常常能感觉到她刀子似的目光,她不时从我面前走过,我熟视无睹。后来我提前完成试卷离场,并且顺利地通过了这次测试,直接进入专业课的学习。

那天和几个中国同学在电梯里又碰到了这位S小姐。

“祝贺你,你这次考得很好!”她显然记住了我,态度热情,同时瞥了一眼电梯里另外几个中国学生,语速很快地补充:“但很多中国学生必须从最低级别开始学习英语,并且那天的确抓到几位中国学生作弊。”

我承认我被她的态度激怒了。接下来我头脑一热,选择了她名下一科作为专业课之一。为了维护尊严，我吃尽了苦头。每次上她的课之前，至少要用足两小时做预习，查清所有生词，否则完全无法跟上她那语音标准但语速极快的讲课。

那段时间，除了学校课程之外，我正在规划自己未来的人生方向，并决定要以写作作为终身职业。我买了电脑，开始第一部长篇小说的创作，在小说写到近一半时，我终于决定暂停学校课程，专心把小说写完。去办休学手续时，最令我踌躇的就是S小姐的课。虽然有充足的理由，但却仍有逃离的羞愧。

在办公室看到S小姐，出乎我的意料，她非常温和坦白地告诉我，她看到了我自入学以来付出的所有努力，也看到了我的每一点进步。

“如果你认为分数会给你目前的学习造成过大的压力，”她非常诚恳地对我说，“以后的测试我可以不为你打分，直到你自己认为解脱困境为止，你觉得怎么样？”

我好一会儿说不出话来，然后我告诉她，为了尽快完成我的小说，我必须休学半学期，希望得到她的理解。她显得非常惊喜，兴致勃勃地询问了小说的内容，并大加赞赏，直到我脸红为止。

“你为维护尊严所做的一切，”她说，“我都能明白，对不起，我为你骄傲！”最后这句话害得我差点儿掉下泪来。

自立妙语

为了维护自己的尊严而冒犯别人，甚至激怒了别人，并不能说我们没有礼貌。相反，如果这种顶撞是合理的，别人心里自然也会明白，我们也会获得别人的尊敬。而为了忍让，唯唯诺诺的人，不仅会丧失尊严，还会让人更加瞧不起。

文 王连波

一个人，只有捍卫了自己的尊严，信念才不会缺失，人生的阵地才不会陷落。

第7辑 终生努力，便成天才

俄国著名化学家门捷列夫是化学元素周期律的发现者之一，他把自己一生的精力，都用在科学研究上。晚年时，他双目半盲，但仍然奋斗不息。他从清晨一直工作到下午五时半，六时吃“中饭”，饭后又继续写作到深夜。他是逝世在书桌前的，手里还紧握着笔。

有多少父母希望自己的孩子是天才？有多少孩子在做着“天才梦”？然而，现代社会就像一个快速旋转着的大转盘，每一分努力都等于与这个大转盘之间的吸附力，要想不被甩出局，必须学会终生成长。终生努力，便成天才！

拿出一万个小时来

文 佚　名

想拥有一辈子的专长或兴趣，就像跑一个人的马拉松赛一样，最重要的是跑完，而不是前头跑得有多快。

到目前为止，你总共在自己本来有兴趣的事情上对自己说过多少次“唉，我看我没有天分，还是算了吧”的话呢？

这句话通常被用来当做宣告某一段努力完全失败的休止符。天分有那么重要吗？

我访问过一位4岁就被称为音乐神童、长大之后也在音乐方面有相当成就的大提琴手。他一开始就否认自己是个天才。他说，他在美国接受访问常被问到的问题是：在他的成功之中，天分占了多少比率？“我想，20％不到吧……不过，在这20%当中，我那从小就逼我学琴、不让我出去玩的妈妈，大概贡献了15％以上。”

天分确实因人而异，但我们常高估了它的影响力。回头想想，我曾经说过的“没天分，还是算了吧”的话还真的不少呢。老实说，多半因为我懒惰，不想持续，或在还没学到足以印证自己有天分的时候，就悄悄打了退堂鼓。

我曾与一位园艺高手在某个阳光充足的办公室里等候，他指着一株几乎生气全无的盆景对我说：“上一次我来这里，这种竹子还生气蓬勃，现在竟然变成这个样子。照顾植物跟学习任何事情都有相通的道理：如果你天天花点时间照料它，它就会长得很好；如果你疏忽了它几天，它就会出现残败之相，愈看它，愈觉得对不起它，愈对不起它愈不想看它，不久，它就一命呜呼了。”有多少可能会改变我们人生方向或增添人生乐趣的事，因为这种“愈荒废愈害怕”的理由而一命呜呼了呢？听了他的话，我若有所悟。

很多人跟我一样都有虎头蛇尾的倾向。不是不想努力，只是没有持续。有时是刚开始过度努力，不久就弹性疲乏；或是刚开始的时候还蛮有兴趣，遇到了一点困难之后，就告诉自己：“我没天分，算了吧。”然后三天打鱼，两天晒网。

英国埃克塞特大学心理学教授迈克·侯威专门研究神童与天才，他得出的结论很有意思：“一般人以为天才是自然发生、流畅而不受阻的闪亮才华，其实，天才也必须耗费至少10年光阴来学习他们的特殊技能，绝无例外。要成为专家，需要拥有顽固的个性和坚持的能力……每一行的专业人士都投注庞大的心血，培养自己的专业才能。一个人再有写作的才华，也要靠训练和经验才能抓住文学技巧的窍门。所有成功的作家一辈子都是读者，而且大多数在年幼时就养成习惯，将思想付诸文字……在童年尚未结束之前，很多杰出作家早就尝试过要写一本书。”

这位心理学家也统计过，以学钢琴为例，如果想要变成还不错的业余钢琴家，至少需要专注地投入3000个小时的训练；如果想成为专业水准，一万个小时是跑不了的，像西洋棋、各种运动和外语，想要成为专业人士，用的时间也差不多。从这一点来看，我们学习上的种种小挫败，并非没有天分，而是没有“持续贡献”。

不只是学习，一般女性最热衷的减肥也是“不需努力，只要不懈”，疯狂减肥的人总是会失败。据统计，采取速成减肥法或节食减肥，在停止减肥三个月内恢复体重的超过90%，而有不良副作用的也占70%。

不用太努力，只要坚持下去，我总是这样告诉自己，想拥有一辈子的专长或兴趣，就像跑一个人的马拉松赛一样，最重要的是跑完，而不是前头跑得有多快。

自立妙语

人人都有理想，却不是所有人都能实现。有些人展开翅膀飞向了理想的天空，也有些人永远驻足在原地，停滞不前。其实老天公平地赐予每个人，关键看人们有没有坚持不懈、永不言弃的干劲。坚定信念，自立不息，我们就一定不会留下遗憾。

文 王　倩

牛顿少年苦学

文 佚　名

不是每个人生下来就是天才，天才其实是经过后天的勤奋努力而得来的。

1643年，牛顿出生在英国林肯郡格兰汉镇附近的一个农村。由于生活很困难，牛顿只好到他外祖母家中去生活。外祖母很疼爱这个可怜的孩子，耐心地培养、教育他，并把他送进小学校去读书。

幼年的牛顿，由于失去了母爱，长年孤苦生活，使他养成了非常腼腆和孤僻的性格。他在学校时学习很吃力，很多课程跟不上，又常常受到同学们的欺侮。老师对他倒是很关心，同情他的遭遇，经常鼓励他好好学习。在老师的鼓励下，他刻苦读书，不仅把落下的课程都补上了，而且还取得了前几名的好成绩。

少年时的牛顿并不是神童，他资质平常，成绩一般，但他喜欢读书，喜欢看一些介绍各种简单机械模型制作方法的读物，并从中受到启发，自己动手制作些奇奇怪怪的小玩意，如风车、木钟、折叠式提灯等等。药剂师的房子附近正建造风车，小牛顿把风车的机械原理摸透后，自己也制造了一架小风车。但推动他的风车转动的不是风，而是动物。他将老鼠绑在一架有轮子的踏车上，然后在轮子的前面放上一粒玉米，刚好那地方是老鼠可望而不可即的位置。老鼠想吃玉米，就不断地跑动，于是轮子不停地转动。他还制造了一个小水钟。每天早晨，小水钟会自动滴水到他的脸上，催他起床。

牛顿爱数学、喜工艺，特别是愿意琢磨事情。他经常做些风筝、灯笼，做得十分精巧，同学们都非常羡慕他。

有一次他早晨上学，在路上看见自己的影子在左边，晚上放学回来时，又看见影子却移到右边去了。于是，他就天天观察，把每一个时间的影子在什么位置上都记录下来。后来，经过多次试验，他发明了一种“太阳钟”（就是用木板做一个圆盘，刻上记号，中间插上一个铁棍，用太阳的投影计算时间）。村子里的人把这个钟叫做“牛顿钟”。此外，他还研究风的力量。在大风天，他先顺着风走，再顶着风走，看看速度快慢相差多少，然后计算出风的力量。这些虽然都很简单，可是他好学，善于钻研的劲儿已经显露出来了。可是，由于家庭困难，小牛顿不得不辍学。

有一次，牛顿去田野边放羊，他把羊群赶到一块草地上吃草，自己就拿出书来，到一块大石头上学习去了。不一会儿，羊群跑到田地里，啃吃了庄稼，被正好从这儿路过的舅父发现了。舅父非常生气，气势汹汹地向他走来。当舅父走到他跟前一看，气就消了。原来，舅父想牛顿一定在睡懒觉，没想到他在专心地学习。舅父不但没有责怪牛顿，反而劝说牛顿的母亲同意让牛顿继续上学读书。牛顿又重新回到了学校，如饥似渴地汲取着书本上的知识。

牛顿对人类的贡献是巨大的，正如恩格斯所说：“牛顿由于发明了万有引力定律而创立了科学的天文学；由于进行了光的分解，而创立了科学的光学；由于创立了二项式定理和无限理论而创立了科学的数学；由于认识了力的本质，而创立了科学的力学”。为纪念牛顿的贡献，国际天文学联合会决定把662号小行星命名为牛顿小行星。

自立妙语

不是每个人生下来就是天才，天才其实是经过后天的勤奋努力而得来的。牛顿是一位世界公认的伟人，但是小时候的他并不聪明。所以，我们不能因为自己现在没有别人聪明，就沮丧万分，要懂得勤奋才是打开成功之门的钥匙。

文 王连波

“终生努力，便成天才”

文 黄迪民

其实我们每个人的天赋相差无几，要想拥有“智慧”与“学识”，别无捷径，唯“终生努力，便成天才。”

门捷列夫，是俄国著名化学家，自然科学基本定律化学元素周期律的发现者之一。

他把自己一生的精力，都用在科学研究上，对吃穿从不讲究。只是为了能够随身携带一本厚厚的笔记本，以便随时随地把自己想到的新问题记下来，他才亲自设计外衣——口袋要特别大。

那时候，欧洲的男人都以戴假发为时髦，而门捷列夫却不以为然。他幽默地说：“我喜欢我的真头发！”

晚年时，他双目半盲，但仍然奋斗不息。他从清晨一直工作到下午五时半，六时吃“中饭”，饭后又继续写作到深夜。他是坐在书桌前逝世的，死时手里还紧握着笔。他以勤奋的一生，实践了自己的诺言：

“什么是天才？终生努力，便成天才。”

但有人以为门捷列夫的元素周期律是在玩纸牌时偶然发现的。有一次，竟然有人这样问他。他听了大笑起来，说：

“这个问题我大约考虑了20年。”

自立妙语

门捷列夫成功发现元素周期律，向我们揭示了获得成功的秘诀，只有拥有一种不断探求的精神，才能得到幸运女神的垂青。其实我们每个人的天赋相差无几，要想拥有“智慧”与“学识”，别无捷径，唯“终生努力，便成天才。”

文 王连波

把学习变成一种习惯

文 梅若尘

当学习成了一种习惯，这习惯也就转化成了坚持、恒心、毅力一类的优秀品质。

大学的时候，英语要考国家四级，当时学校还对此进行了特别规定：不过英语四级学校将扣发学位证。于是自习室里满是捧着英语课本、四级词汇的同学，学起英语来比专业课还要用心。他的英语在初中、高中就不太好，基础差，理所当然的，也加入了学英语的大军。

可是四级词汇都被翻看的卷起了边，磁带里那好听的朗读声也变得嘶哑，他能记住的依然是前边以a开头的一些单词。一年两次的四级考试他一直参加到大四结束，从没能拿到60分，很自然地，学位证被扣发了。当时同学们都说他是个绝缘体，和英语绝缘，甚至后来连他自己都这么认为了。毕业后大家各奔东西，也就没有了他的消息。

三年后的一次同学聚会中，直到酒过三巡，他才匆匆忙忙出现在门口，同学们不依不饶，非要他罚酒，他解释说："真是不好意思，领导的命令，非指名让我陪外商吃饭，这才耽误了时间。"

"指名让你陪外商？"好多同学都觉得吃惊，他可是有名的英语绝缘体呀！一个冒失鬼大叫，"吃饭也得带翻译呀！"

他笑了笑，有知情的同学替他说话："带什么翻译，他现在的英语水平比外国人还外国人呢！"

后来果然见他拿着电话和人讲着熟练的英语。大家向他请教秘诀，他说："只是每天习惯性的背几个单词，听一段录音，和厂里的外国同事简单交流几句而已！"

自立妙语

"习惯"正如它的含义一样，是一个很平常的词语。但是一旦我们利用好了它，就会发现它竟是一位能让"平常"变成"出众"的魔法师。当学习成了一种习惯，这习惯也就转化成了坚持、恒心、毅力一类的优秀品质，然后经过日积月累，我们的能力就会得到质的飞跃，我们就可能从一个无名小卒变成万众瞩目的明星。这就是习惯的魔力。

文 孙正尧

杂货铺走出的数学家

文 佚 名

学习无处不在。我们如果真是一个想学习的人，一定会想尽办法为自己创造条件。

1910年11月12日，华罗庚出生在江苏省金坛县。为了能帮父亲经营那一片小杂货店，家里送他进了学校。上中学后，华罗庚就显示出对数学的特殊兴趣和才能，放学后，别人匆忙往家赶，他却一个人留在教室做习题。渐渐地，他的数学天赋引起了老师的注意，在课堂上，华罗庚常常能轻而易举地回答出别人答不上来的难题。作业本上，他总可以在一道题下写出几种解法；每次考试，教师都给他一张难答的卷子，可是他总得100分。老师很喜欢他，常约他到自己家里给他讲课本上没有的知识。在老师的鼓励下，华罗庚对数学更加着迷了。华罗庚初中毕业考入上海中华职业学校不到一年，就因家贫辍学了，回家帮助父亲经营小杂货铺，但他不甘心放弃喜爱的数学。一有空就在柜台上做题。晚上点燃油灯刻苦自学到深夜，由于华罗庚一门心思钻研数学。小店经营得很不好，父亲气得要烧掉他的书。幸亏母亲很理解儿子，才使他的自学坚持下来。1930年，他在杂志上看到一位数学教授的论文，经过独立思考，发现其中有错误，于是就大胆地写了篇关于自己对代数方程见解的文章，寄了出去。半年后他收到一本新出的《科学》，他的论文被发表了！这篇论文引起当时清华大学著名的数学家熊庆来教授的注意，特别是当听说华罗庚是在自学中达到这一水平时，他以一个出色科学家的慧眼预见到，这是一个很有培养前途的数学人才。于是熊庆来亲自写信，邀请华罗庚到清华大学任图书馆助理员，以便使他有机会深造。来到清华大学后，华罗庚在杨武之的指导下边工作、边开始数论的研究。他勤奋地工作，刻苦地钻研，进步很快，从管理员提升为助教，又晋升为讲师。1936年他被选送到英国剑桥大学做访问学者参加合作。回国后，由于他成就卓越，被聘为西南联合大学教授，1946年，华罗庚应邀访问苏联，同年被美国普林斯顿高等研究所聘请任研究员，同时在普林斯顿大学执教。1948年开始，他在伊利诺伊大学任教授。

新中国成立后，他立志为新中国的建设贡献自己的力量，于1950年归国。从此，他为新中国的数学事业付出了毕生的精力。

自立妙语

学习无处不在。我们如果真是一个想学习的人，一定会想尽办法为自己创造条件，而不是总去找借口，说自己是因为学习条件不好，学习成绩才提不高。只为成功寻理由，不为失败找借口。何况我们现在的学习条件比华罗庚要好多了，我们又有什么理由不把学习搞好呢？

文 孙正尧

要想不被甩出局，必须学会终生成长

文 田然亚萍

现代社会就像一个快速旋转着的大转盘，每一分努力都等于与这个大转盘之间的吸附力，要想不被甩出局，必须学会终生成长。

在一家外贸公司上班的第一天，我坐在公共汽车上，身边的人用一种我听不出所以然的话聊天，事后我才知道那就是粤语，也就是广东人说的“白话”。

第二天上班，我就报名上了“粤语培训班”，用晚上的时间正规上课学广东话。

一个月后，我开始慢慢用粤语与人交谈，半年后，我已有一口流利的广东话，而身边许多来深圳已经几年的同事，广东话的水平仍还停留在一句“唔该有落”的水平。

深圳外来的暂住人口占总人数的三分之二，没有人强迫你一定要会广东话，但我规定自己必须学，并且要学会。

一个月的粤语培训班结束后，我又紧接着报名上了日语口语训练班。在大学，我的第一外语是英语，我还想学会日语和别的许多东西。我想，深圳和内地就好像一座山的两面坡，生长着不同的花草，看上去很不同，但越往上走，这些差别就渐渐地少了，到了山顶再看，原来是同一座山。如果我不往上爬；不寻求改变，我也许就会永远滞留在不同之中。现代社会就像一个快速旋转着的大转盘，每一分努力都等于与这个大转盘之间的吸附力，要想不被甩出局，必须学会终生成长。

自立妙语

如果一个人凭着仅有的那点知识在社会上存活，那么等到他的知识跟不上时代，渐渐退化的时候，他就只能举步维艰了。所以，我们不能偷懒。知识是不断更新的，我们一定要活到老，学到老。只有这样，我们才能紧跟时代的步伐，不被时代淘汰。

文 孙正尧

天才梦

文 张爱玲

生命可能是一袭华美的袍，上面爬满了虱子，但是不自立，不自强的话，又何来勇气和魄力清除这些虱子，还生命本来的面目？

我从小被视为天才，然而，当童年的狂想逐渐褪色的时候，我发现我除了天才之外一无所有——我是一个古怪的女孩，从小被视为天才，除了发展我的天才外别无生存的目标。然而，当童年的狂想逐渐褪色的时候，我发现我除了天才的梦之外一无所有——所有的只是天才的乖僻缺点。世人原谅瓦格涅的疏狂，可是他们不会原谅我。

加上一点美国式的宣传，也许我会被誉为神童。我3岁时能背诵唐诗。我还记得摇摇摆摆地立在一个清朝遗老的藤椅前朗吟“商女不知亡国恨，隔江犹唱《后庭花》”，眼看着他的泪珠滚下来。7岁时我写了第一部小说，一个家庭悲剧。遇到笔画复杂的字，我常常跑去问厨子怎样写。第二部小说是关于一个失恋自杀的女郎。我母亲批评说：如果她要自杀，她决不会从上海乘火车到西湖去自溺，可是我因为西湖诗意的背景，终于固执地保存了这一点。

我仅有的课外读物是《西游记》与少量的童话，但我的思想并不为它们所束缚。8岁那年，我尝试写过一篇类似乌托邦的小说，题名《快乐村》。快乐村人是一个好战的高原民族，因克服苗人有功，蒙中国皇帝特许，免征赋税，并予自治权。所以快乐村是一个与外界隔绝的大家庭，自耕自织，保存着部落时代的活泼文化。

我特地将半打练习簿缝在一起，预期一本洋洋大作，然而不久我就对这伟大的题材失去了兴趣。现在我仍旧保存着我所绘的插图多帧，介绍这种理想社会的服务、建筑、室内装修，包括图书馆、“演武厅”、巧克力店、屋顶花园。公共餐室是荷花池里一座凉亭。我不记得那里有没有电影院——虽然缺少了这文明的产物，他们似乎也过得很好。

9岁时，我踌躇着不知道应当选择音乐或美术作为我终生的事业。看了一个描写穷困的画家的影片后，我哭了一场，决定做一个钢琴家，在富丽堂皇的音乐厅里演奏。

对于色彩、音符等字眼，我极为敏感。当我弹奏钢琴时，我想象那8个音符有不同的个性，穿戴了鲜艳的衣帽携手舞蹈。我学写文章，爱用色彩浓厚、音韵铿锵的字眼，如“珠灰”，“黄昏”，“婉妙”，“Splendour”，“melancholy”，因此常犯了堆砌的毛病。直到现在，我仍然爱看《聊斋志异》与俗气的巴黎时装报告，便是为了这种有吸引力的字眼。

在学校里我得到自由发展。我的自信心日益增强，直到我16岁时，母亲从法国回来，将她暌隔多年的女儿研究了一下。

“我懊悔从前小心看护你的伤寒症，”她告诉我，“我宁愿看你死，不愿看你活着使你自己处处受痛苦。”

我发现我不会削苹果。经过艰苦的努力我才学会补袜子。我怕上理发店，怕见客，怕给裁缝试衣裳。许多人尝试过教我织绒线，可是没有一个成功。在一间房里住了两年,问我电铃在哪儿我还茫然。我天天乘黄包车上医院去打针,接连3个月,仍然不认识那条路。总而言之,在现实的社会里,我等于一个废物。

我母亲给我两年的时间学习适应环境。她教我煮饭;用肥皂粉洗衣;练习行路的姿势;看人的眼色;点灯后记得拉上窗帘;照镜子研究面部神态;如果没有幽默天才,千万别说笑话。

在待人接物的常识方面,我显露惊人的愚笨。我的两年计划是一个失败的试验。除了使我的思想失去均衡外,我母亲的沉痛警告没有给我任何的影响。

生活的艺术,有一部分我不是不能领略。我懂得怎么看"七月巧云",听苏格兰兵吹bagpipe,享受微风中的藤椅,吃盐水花生,欣赏雨夜的霓虹灯,从双层公共汽车上伸出手摘树顶的绿叶。在没有人与人交接的场合,我充满了生活的欢悦。可是我一天不能克服这种咬啮性的小烦恼,生命是一袭华美的袍,爬满了虱子。

自立妙语

张爱玲的天才梦是那样的让人迷离。也许天才只是某一方面的特长,但是自立的精神,独立的思想却是天才区别于众人的标志。自立的精神为独特之思想提供了生存的土壤。生命可能是一袭华美的袍,上面爬满了虱子,但是不自立,不自强的话,又何来勇气和魄力清除这些虱子,还生命本来的面目?

文 孙正尧

神奇的鹅卵石

文 (美)约翰·韦恩·许拉特

尽量收集鹅卵石，你就可以期待一个充满钻石的未来。

“为什么我们要学这没用的东西？”在我几年来教课所听到的抱怨与疑问中，这句话是最常出现的。我会用下面的传奇故事来回答这个问题。

有天晚上，一群游牧民族正想扎营休息时，忽然被一束强光所笼罩。他们知道神要出现了。

带着热切的期待，他们等待着来自上天的重要信息。

最后，神说话了：“尽力收集鹅卵石。把它们放在你们的鞍袋里。再旅行一天，明晚你们会感到快乐，同时也会感到愧悔。”

神离开后，这些游牧民族都感到失望与愤怒。他们期待的是伟大宇宙真理的揭秘，使他们足以因此创造财富、健康或其他世俗的目的。但相反的他们却被吩咐去做这件卑贱而无意义的事。但无论如何，来访的亮光仍促使他们各自拣拾了一些鹅卵石，放在他们的鞍袋里，虽然他们并不怎么高兴。

他们又走了一天路，当夜晚来临，开始扎营时，他们发现鞍袋里的每一颗鹅卵石都变成了钻石。他们因得到钻石而高兴极了，却也因没有收集更多的鹅卵石而愧悔。

我在早期从事教学时曾有一个学生，名叫阿伦，印证了这则传奇的真理。

阿伦念八年级，在被退学的边缘摇摆，擅长制造麻烦。他专门欺凌弱小，更是个偷窃高手。

每天我都会叫我的学生背一则伟大思想家的格言。在我点名时，我会用一则格言来点名，学生必须说完这则格言才能算到席上课。

"艾丽丝·亚当斯——没有所谓失败，除非……"

"你不再尝试。我来了，许拉特先生。"

所以，在这年结束时，我的年轻学生已经背了150则伟大的思想格言。

"认为你能，或认为你不能——总有一个对。"

"如果你看到了障碍物，你的眼睛就已远离了目标。"

"所谓犬儒学派，就是指那些知道每一件东西的价格而不懂它们的价值的人。"

当然，还有拿破仑·希尔的："如果你能想到它，相信它，你就能达到它。"

没有人比阿伦更爱抱怨这个每日的例行作业——直到他被退了学。我有五年没看到他，但有一天，他打电话给我。他假释出狱后，在附近的某一所学院修习一门专业技术的课程。

他告诉我，在他被送进少年法庭后，被载到加州青少年法院监狱服刑，他变得对自己非常绝望，拿了一把刮胡刀试图割腕自杀。

他说："你知道，许拉特先生，当我躺在那儿，生命一滴一滴地流失时，我忽然想到有一天你叫我写20次的那句无聊格言：'没有所谓失败，除非你不再尝试。'忽然它对我起了作用。只要我活着，我就不算失败，但如果我让自己死掉，我绝对是个失败的死人。所以我用仅余的力气求救，开始了新生活。"

在他听到这句格言时，它是鹅卵石。当他身处危机需要指引的那一刻，它变成了钻石。所以我想对你说，尽量收集鹅卵石，你就可以期待一个充满钻石的未来。

自立妙语

“没有所谓失败，除非你不再尝试。”在生活中，我们会遇到一些挫折和失败，是就此萎靡不振，失去对生活的信心和勇气，还是继续不懈地努力，不断尝试来获取新的成功呢？我们都足够年轻，还有自己的双手，只要我们用自己的勤奋努力，就一定能将成功真正地掌握在自己的手中。

文 孙淑贤

在澳大利亚被发现之前

文 樊慧静

然而我总是觉得我们只有一种人生，那就是——学习过程中的人生。

我曾上过一节很有趣的地理课。那节课讲的是澳大利亚。在讲课之前，老师在墙上贴了一张世界地图，问道：“在澳大利亚被发现之前，世界上最大的岛屿是哪一个？”有个同学说是格陵兰岛，其他的同学都附和着。

老师别有深意地笑了。他用笔在澳大利亚的版图上重重地画了一个圈。“孩子们，”他说，“在澳大利亚被发现之前，它就是最大的岛屿。人们没有发现它，并不等于它不存在。”

时间过了很久，不知为什么，这个小故事依然让我记忆犹新，而且越来越品之有味。是的，事实就是这样，澳大利亚被发现之前和被发现之后,它都是最大的。但它并不因为我们不知道就会退居第二。其实,我们知道的又有多少呢?我们怎能够因为我们的不知道就去轻视或否定它的存在呢?

我常常感到困惑,为什么那么多现代人如此习惯于宣言和判断:“是这样”、“一定要”、“不可能”、“绝对”……他们坚决而肯定地说着诸如此类的话,好像一切都在他们的预言和把握之中。我也曾立于这样的人群里。但,现在我已悄悄地退了出来,一面惊诧着他们的雄论,一面努力让自己保持沉默。

沉默也许是另一种尊重。“我们只有两种人生,一种是学习过程中的人生,一种是学习过程后的人生。”有人这样说。然而我总是觉得我们只有一种人生,那就是——学习过程中的人生。

自立妙语

对一件事,不要轻易地就作出绝对的判断。因为我们的判断必须经过严格的证明,不然就只能是妄断。很多事情,我们需要认真地去调查和分析,这样才有资格去判断它。事物都是变化发展的,我们只有不断地学习,了解新情况,分析新材料,才可能对事物作出一个比较公正全面的判断。

文 孙淑贤

第8辑 暴风雨是一个筛子

他出生农家，最深的记忆只有“穷”和“苦”这两个字。他四处打工，贫穷却始终如影随形。他绞尽脑汁想了好多门路，结果都失败了。20岁那年，他在研究怎样减少蔬菜的营养损失时，脑子里灵光一现：“如果将干蔬菜和豆类放在一起磨，那将会怎么样？……”他立即付诸行动，着手磨那种汤料——速溶汤料，结果大获成功，迅速畅销整个欧洲市场。

生活像一个石磨，每个人都难免要绕着磨道苦苦挣扎，但只要我们无所畏惧，就一定能磨出一段精彩的人生，磨出化茧成蝶的灿烂辉煌。

站起来

文 何保云

你有没有看到你儿子那种倒下去立刻又站起来的勇气和毅力呢？这才是真正的男子汉气概啊！

一位父亲很为他的孩子苦恼。因为他的儿子已经十五六岁了，可是一点男子汉的气概都没有。于是，父亲去年拜访一位禅师，请他训练自己的孩子，

禅师说："你把孩子留在我这边，3个月以后，我一定可以把他训练成真正的男人，不过，这3个月里面，你不可以来看他。"父亲同意了。

3个月后，父亲来接孩子，禅师安排孩子和一个空手道教练进行一场比赛，以展示这3个月的训练成果。

教练一出手，孩子便应声倒地。他站起来继续迎接挑战，但马上又被打倒，他就又站起来……就这样来来回回一共16次。

禅师问父亲："你觉得你孩子的表现够不够男子汉气概？"

父亲说："我简直羞愧死了！想不到我送他来这里受训3个月，看到的结果是他这么不经打，被人一打就倒。"

禅师说："我很遗憾你只看到表面的胜负。你有没有看到你儿子那种倒下去立刻又站起来的勇气和毅力呢？这才是真正的男子汉气概啊！"

只要站起来比倒下去多一次就是成功。

自立妙语

在人生的道路上，我们总会遇到这样那样的打击和磨难，面对这些困难的挑战，是选择就此放弃，还是勇敢地迎难而上呢？能够坚强的人，在冷静过后就会选择重新地站立，重新面对。如果我们100次被打倒，能第101次地选择站起来，那我们就一定能看到曙光。

文 孙淑贤

暴风雨是一个筛子

文 毕淑敏

暴风雨是一个筛子。胆子小的，思前想后的，都被它筛了下去，留下了最有胆识和最不怕吃苦的人。

我35岁的时候，考上了一所夜大。每天下班后，要穿越5条街道去读书。一天傍晚，台风突然来了，暴雨如注。老师还会不会来上课呢？我拿不准。那时，电话还不普及，打探不到确实的消息。考虑了片刻，我穿上了雨衣，又撑开一把伞，双重保险，冲出屋门。风雨中，伞立刻被劈开，成了几块碎布。雨衣也背叛了我，鼓胀如帆，拼命要裹挟我到云霄中去。我扔了雨衣，连滚带爬地赶到了学校，看门的老人却说从老师到学生，除了我，没有一个人来！

那一瞬，我非常绝望。不单是极端的辛苦化为泡沫，更有无穷的委屈和沮丧。

老人见我失魂落魄的样子，让我进他的小屋歇口气。伴着窗外瀑布般的水龙，老人缓缓地说，你以后会有大出息的。我说：“我是一个大傻瓜啊。”

他说：“所有学生里，只有你一个人来上学了。看，暴风雨是一个筛子。胆子小的，思前想后的，都被它筛了下去，留下了最有胆识和最不怕吃苦的人。”

这一瞬，好似空中打了一个闪电，我的心被照得雪亮。也许我不是3000名学生当中最聪明的，但今晚的暴雨，让我知道了，我是3000名学生中最有胆识和毅力的人。

从那以后，我就多了份自信，一步步有了今天的成功。

自立妙语

冰心说：“成功的花，人们只惊慕它现时的明艳！然而当初它的芽儿，浸透了奋斗的泪泉，洒遍了牺牲的血雨。”一个人，只有摔过跤，与挫折抗争过，才能坚强地站起来，并有勇气说出“这没什么大不了的”的话。请记住：不经历风雨，怎能见彩虹？

文 孙淑贤

不一样的豆芽菜

文 代克仁

当我们身处逆境时，只要我们能用勇气、智慧和力量去战胜困难，何愁我们不会成才呢？

有个年轻人，进入大学后由于学校和专业都不理想，他索性不再

努力，经常逃课、喝酒、泡网吧，任由自己一天天地消沉下去。

偶尔去上课，也是无精打采，心不在焉。教授见状，提醒他："年轻人，要打起精神哟！"

"要精神有何用，将来还不是一样就业难，难就业！"年轻人脱口而出。

教授眉头紧蹙，沉思片刻，说："下课后，你且随我来。"

那天下课后，他惴惴不安地跟着教授过大街穿小巷，来到一个熙熙攘攘的菜市场。他满脸疑惑地看着教授。教授不理会他，一直往里走，终于在一家卖豆芽菜的摊位前停下，示意他仔细观看这家豆芽菜的品质。

他有些不解，不知教授葫芦里卖的什么药。但他还是仔细地看了，发现这家的豆芽菜又细又长，还带根须，摊前顾客寥寥。接着教授把他带到另一家卖豆芽菜的摊位前，又示意他看豆芽菜的品质。比较之下，他发现这家的豆芽菜短壮鲜嫩，且无根须，购买者众多。

教授问他："何故会有如此差异？"

"无外乎设备、生产工艺高人一筹而已。"他不屑一顾地答道。

教授摇摇头，又带他去参观了这两家生产豆芽菜的作坊。他惊奇地发现，这两家的生产设备、选料、营养配方竟然一模一样。

为何他们生产出的豆芽菜会有天壤之别呢？他百思不得其解。

教授呵呵地笑了，说："难道你没有注意到第二家在豆芽菜生长器上另外压了一块石头吗？"

自立妙语

张海迪曾说：人生的道路上，谁都会遇到困难和挫折，就看你能不能战胜它。战胜了，你就是英雄，就是生活的强者。正如人说"苦难是所学校。"不经过风浪，很难达到胜利的彼岸，所以，当我们身处逆境时，只要我们能用勇气、智慧和力量去战胜困难，又何愁我们不会成才呢？

文 王立坤

磨道人生

文 海 波

没有人能够坦途一生，是否能实现精彩的人生，就要看我们愿不愿卖力气。

他出生在苏黎世郊外一个农家，唯一的家产就是一个石磨，全家人的生计都靠它来维持。儿时给他最深的记忆只有“穷”和“苦”这两个字，贫穷吞噬了他童年的快乐，也剥夺了他求学的权利，他没有读完初中就被迫辍学了。四处打工折腾了好几年，但贫穷仍然如影随形，像蛇一样死死地缠着他。父亲悲哀地说：“别折腾了。孩子，你就认命吧！”他却说：“不，我决不能像你那样，一辈子在磨道里转圈圈。”父亲无奈地叹息道：“唉，那又能怎样？以前不都是这么对付着过的吗？难道你还想从这石磨里磨出金子来？”他反驳道：“我只想磨出一份自己想要的生活！”说这话时，他眼里闪着自信的光。

为摆脱穷苦的命运，他绞尽脑汁想了好多门路，结果都失败了。这时，父亲撒手而去，留给他的遗产便是那个简陋的石磨。此后，他常常对着石磨发呆，思考着如何才能磨出一段美满的人生。20岁那年，朋友的一句话不经意间点化了他的灵感，让他找到了那一把打开成功之门的钥匙。

某日，他与好友舒勒医生闲聊，当聊到蔬菜营养时，舒勒说：“干蔬菜不会损失营养成分。”他脑子里立刻灵光一现：“如果将干蔬菜和豆类放在一起磨，那将会怎么样？没准能磨出一种营养丰富的汤料来……”

回家后，他立即将设想付诸行动，着手磨他想象中的那种汤料——速溶汤料，结果大获成功，产品一投放市场就备受顾客欢迎。因为这种汤料饮用起来方便快捷，只需5分钟即可做出一盆营养丰富的香汤。对此，他并不满足，随后一鼓作气开发出了数十种袋装速溶汤料，又在此基础上开发出了万能调味粉、浓缩食品等一系列高档产品，迅速畅销整个欧洲市场。

他因此而被誉为“汤料食品大王”，他的名字叫尤利乌斯·马吉。

生活像一个石磨，每个人都难免要绕着磨道苦苦挣扎，诸如痛苦的打击、灾难的考验、困境的压迫、忧虑与焦灼的折磨等等。但只要我们无所畏惧，“有狮子一样的雄心，老虎一样的活力，老牛一样的勤奋，遭受无数次巨大的挫折而仍然站立”，经过千锤百炼，经过一番铁杵磨成绣花针的不屈不挠的抗争，就一定能磨出自己想要的生活，磨出一段精彩的人生，磨出化茧成蝶的灿烂辉煌。但前提是看你敢不敢磨，愿不愿卖力气。

自立妙语

“我只想磨出一份自己想要的生活！”“汤料食品大王”的话给了我们莫大的激励。对于人们来说，可怕的并不是生活中经历的种种痛苦的打击，而是我们是否会屈服于命运。尤利乌斯·马吉的经历告诉我们，没有人能够坦途一生，是否能实现精彩的人生，就要看我们愿不愿卖力气。

文 王立坤

没有不受伤遭难的航船 文 张蓬云

勇敢地面对困难，乐观地面对挫折，清醒地面对人生，你就会成为一个事业有成，让人尊敬的智者。

在西班牙的巴塞罗那，有一家著名而古老的船厂。这家造船厂从建厂的头一天起，就定下了一个规矩，就是所有从造船厂出去的船舶都要造一个小模型留在厂里，并派专人收集整理这只船的航行情况，然后把它刻在模型上。该造船厂历史悠久，五百年来共收存了近十万只船模型。

在一只名叫“西班牙公主”号的船模上，刻着这样的记载：本船共航海50年，它11次遭遇冰川，6次遭海盗抢劫，有9次被其他船碰撞，有21次发生故障抛锚搁浅。人们到此参观时，发现每一个船模上，都记载着差不多的文字，记录着每一只船经历的风风雨雨，它们的光荣，它们的挫折。

在陈列馆里面的一面墙上，有对几百年以来所有出厂船舶的概述：出厂的近十万只船舶当中，有6000只在大海中沉没，有9000只因受伤严重，已不能修复使用，有6万只船遭遇过20次以上的大灾难。值得提醒人们的是，没有一只船没有受伤遭难的经历。

现在，这个船厂的船舶陈列馆，已经成为西班牙人和各国参观者教育青年人获取精神力量的象征。这也正是西班牙人汲取智慧的地方，它告诉人们，所有船舶，不论大小，不管用途是什么，只要投入大海航行，就会受到风浪的考验，都会受伤，都会遇到灾难。如果因为遭遇了磨难就怨天尤人，如果因为遭遇了挫折就自暴自弃，如果因为面临逆境就放弃了追求，如果因为受到了伤害就一蹶不振，那你就大错特错了。如果那样，陆地上就没了车辆，海洋里便没了船舶。

人生，就像大海里的船舶，只要不停止航行，就会遇到挫折，就会遭遇风险。千百年来，人生的经验告诉我们，无论你选择了什么样的工作，什么样的人生道路，都免不了受到冷遇，困境，灾难。然而，失败了，跌倒了，重新再来，没有不受伤的船，也没有始终一马平川的人生之路，勇敢地面对困难，乐观地面对挫折，清醒地面对人生，你就会成为一个事业有成，让人尊敬的智者。

自立妙语

每一条船上所记录的风风雨雨，无不彰显着其曾经历的艰难险阻。人生如船，路上充满了悬崖、急流与险滩，一旦出航就不能返航，只能一直走下去，直至到达成功的彼岸。我们都要做一条直航的船，不管前方是风雨如晦还是繁花似锦，都要勇往直前。

文 王立坤

跌进坑里，别急着向上看

文 黄显杰

跌进坑里，别急着向上看，一心寻求别人的帮助，常常看不见自己脚下最方便的路。

那还是孩提时代的事。小学四年级，我们的班主任姓李，是个相貌平平的老头，心肠挺好，教学也很有一套，可就是脾气怪怪的。

这天下午有节劳动课。李老师带着我们到学校的后山捡柴。

我和三名同学跑向后山顶，边跑边捡。在一棵大树旁，我发现了一堆枯干的小树枝，急忙奔过去。跑着跑着，我脚一滑，跌进一个深坑里，三名同学吓得大呼小叫，想尽办法也没能把我拉上来。

同学喊来了老师。李老师站在坑边上盯了我许久，才沉着脸坚决地说："跌进坑里，别急着向上看！我们不拉你上来！"全班同学面面相觑，都没敢吱声。"老师，老师，我上不去！"我在坑里急得大叫。"在里面待着吧，我们走！"李老师像陌生人一样大声扔给我一句话，带着同学们走了。

老师硬生生地走了，不管我的死活。我一屁股瘫坐在深坑里，嘴一张，"哇哇"地大哭起来，"老师！老师！我出不去！"一边哭一边生气地在坑里打滚，滚着滚着无意间我看见了一道亮光。擦干眼泪，我坐起来向亮光处爬去。透出亮光的地方有一个洞，我钻了进去，越钻越亮，不一会儿就到了山坡上，一挺身跳了出来。

李老师和同学们都站在山坡上，随着我的出现，山坡上响起了真诚而热烈的掌声，久久不息。老师猛地抱起我原地转了两圈。我所有的不快，一扫而光，不解地问：“老师，你怎么知道坑里有洞能出来？”“老师看你没摔坏。”“老师在上面就看见光了。”“老师想让你自己出来。”……没等老师开口，阳光下同学们晃动着聪明的小脑袋争着抢着告诉我。

李老师蹲在我面前伸出宽大的手掌拍掉我身上的尘土，亲切地抚摸着我的脑袋，重重地点着头。同学们探着身子，咧开小嘴上下打量我。这时，老师慢慢地站起来，环视一下四周，将一只手指竖到嘴边，示意我们安静。然后，他走到高处一字一句地说：“孩子们，记住，跌进坑里，别急着向上看，一心寻求别人的帮助，常常看不见自己脚下最方便的路。”

三十多年过去了，我还无法忘记儿时跌进坑里自己爬出来的经历，老师的话一直印在我的脑海里。直到今天，每当生活中遇到失败和意想不到的打击时，我总是这样提醒和鼓励自己：跌进坑里，别急着向上看，一心寻求别人的帮助，常常会看不见自己脚下最方便的路。

自立妙语

不慎掉入深坑中后，“我”惊慌失措，急切地寻求着老师的援助。但是，老师却用实际行动为“我”上了一堂生动的课：没有人能永远依靠别人的帮助走下去，也没有人能替我们解决所有的问题。我们最终要依靠自己的力量，只有寄希望于自己才是最可靠的成功法则。

文 王立坤

永远的刀锋战士

文 霍　迪

他在跑道上飞速地划过，他在追逐风，这双刀锋般的双腿会带着他的信念和梦想，向着四年后的古老欧洲奔跑而去。

他是顽强的现实版“阿甘”、永不退缩的“刀锋战士”、“世界上跑得最快的无腿人”。

他是2008年《时代》周刊评选的“影响世界的100人”名单中名列“英雄与先锋”类的第二名。他叫奥斯卡，是一名普通的南非人。只有21岁。

奥斯卡天生的缺陷令人惋惜——他没有腓骨，11个月时被截去膝盖以下部位。半年之后，医生为奥斯卡安上了假肢，可他并不满足于自如行走，假肢也无法阻止他对体育的热爱，许多的体育项目都成了奥斯卡挑战的对象。

奥斯卡的跑步天赋被发掘是个偶然。2004年初，一场橄榄球比赛，奥斯卡右膝严重受伤，于是改练短跑，仅仅两个月，他就打破了100米的残疾人世界纪录。接着奥斯卡开始尝试400米跑的训练，只花了3周时间，他又把残疾人400米的世界纪录踩在脚下。他的奔跑，他的成绩让人瞠目结舌，无法想象，很多人和他一样，却一生坐在轮椅里面，而他却在田径赛场上飞驰，这不得不说是一个意志的奇迹。

2008年9月9日，北京属于他，“鸟巢”属于他——奥斯卡·皮斯托瑞斯。他在北京残奥会男子100米T44级别决赛中，以11秒17的成绩获得金牌。奥斯卡的梦想不仅仅是参加残奥会，他一直想参加世界级最伟大的赛事——奥运会。

那两条闪着寒光的黑色刀锋形状碳纤维簧片，擎起了一双残缺的双腿，他在跑道上飞速地划过，他在追逐风，这双刀锋般的双腿会带着他的信念和梦想，向着四年后的古老欧洲奔跑而去。

自立妙语

我们透过那两条闪着寒光的刀锋看到了奥斯卡坚强的意志。他并没有因为自己的残疾而降低对自己提出的要求，相反却更加自信自强。他用健康向上的心态向我们证明：身残并不可怕，只要意志不屈，就能创造出自己的理想生活。

文 张 敏

命运的第二次机会

文 蒋 平

“只有音乐，与众不同的音乐，才能让他们记住我，才能给我改变命运的第二次机会。”

1962年，他出生在法国南部的一个小镇。从7岁那年开始，软骨病改变了他的一生。一直到成年，他身高不足1.1米，手足无力，生活无法自理，基本上形同一个废人。

7岁那年，一次偶然的机会，父亲发现他对钢琴有浓厚的兴趣，让他开始学钢琴，13岁那年便试着让他参与剧团的演出。当时剧团正需要一名丑角兼配角。剧团里有名的小号演奏家布鲁内，在跟他合作几次之后，发现他在钢琴方面有着特殊的悟性，就推荐给打击乐演奏家洛马诺重点培养。在两位音乐家的帮助下，15岁那年，他推出了第一张个人专辑《闪光》，优美的曲子加上残疾人的身份，一举轰动了法国音乐界。

陶醉在乐声里，他忘记了身体上的不便与痛苦。钢琴越弹越好，名气越来越大，从1987年开始，不到10年时间，他的足迹遍及纽约、伦敦、米兰、东京、巴黎，成为名噪一时的爵士钢琴大家，他的名字叫米歇尔·贝楚齐亚尼。有人问起贝楚齐亚尼成功的秘诀，他说了这样一句话："我是一个不幸的人，但幸运的是，我把握了命运的第二次机会。"

对这个"第二次机会"，贝楚齐亚尼是这样解释的："观众们第一次来看我演出，只是出于对我外表的好奇。如果不能用音乐征服他们，他们就不会再来看我的演出了。只有音乐，与众不同的音乐，才能让他们记住我，才能给我改变命运的第二次机会。"

为了把握好这个第二次机会，贝楚齐亚尼付出了常人难以想象的努力。每天，他拖着残疾的躯体，在钢琴旁一坐就是8个多小时。他的左手严重变形，手掌、手腕往内倾斜，视力、听力不健全，行动极为不便，即使在这样的情况下，他仍是几十年如一日地坚持练习。成名之后，他每年的演出超过180场，每天8小时的练琴从不间断，直到在钢琴上折断指骨，再也无法弹琴。

贝楚齐亚尼一生只度过了短暂的36年，然而，他的毅力、他的精神、他把握命运的第二次机会，足以让人们长久地记住他。

自立妙语

疾病可以摧毁一个人的健康，但却摧毁不了他的意志。在人生的道路上，挫折是不可避免的，只要我们满怀信心地去迎接挑战，就一定可以走出失败的阴影。要始终坚信：只要信心不被打垮，成功就近在咫尺。

文 张 敏

躲不过的弯路

文 张爱玲

不摔跟头，不碰壁，不碰个头破血流，怎能练出钢筋铁骨，怎能长大？

在青春的路口，曾有那么一条小路若隐若现，召唤着我。

母亲拦住我："那条路走不得。"

我不信。

"我就是从那条路走过来的，你还有什么不信？"

"既然你能从那条路走过来，我为什么不能？"

"我不想让你走弯路。"

"但是我喜欢，而且我不怕。"

母亲心疼地看我好久，然后叹口气："好吧，你这个倔强的孩子，那条路很难走，一路小心！"

上路后，我发现母亲没有骗我，那的确是条弯路，我碰壁，摔跟头，有时碰得头破血流，但我不停地走，终于走过来了。

坐下来喘息的时候，我看见一个朋友，很年轻，正站在我当年的路口，我忍不住喊："那条路走不得。"她不信。

"我母亲就是从那条路上走过来的，我也是。"

"既然你们都可以从那条路上走过来，我为什么不能？"

"我不想让你走和我同样的弯路。"

"但是我喜欢。"

我看了看她，看了看自己，然后笑了：“一路小心。”

我很感激她，她让我发现自己不再年轻，已经开始扮演过来人的角色，同时也患有过来人同样的“拦路癖”。

在人生的路上，有一条路每个人非走不可，那就是年轻时候的弯路。不摔跟头，不碰壁，不碰个头破血流，怎能练出钢筋铁骨，怎能长大？

自立妙语

人生路上，能避开那些弯路是最佳选择，一旦躲避不开，就要尽量将弯路当成通往成功终点途中的小憩处。虽然弯路上布满荆棘，但在弯路尽处，却充满鲜花，当我们坦然从弯路上走过来后，必然发现别有一番洞天。

文 张　敏

面对最困难的问题

文 颜如玉

只有“让暴风雨来得更猛烈一些”，才能使我们的翅膀磨砺得更加坚硬，我们也才能飞得更稳更高。

许多人围着一位退休的老船长，听他讲述一生航海过程中的种种奇遇，其中最引人入胜的，是老船长与狂风暴雨搏斗的惊险历程。

谈到大海上不可预测的天气时，有人问老船长：“如果你的船行驶在海面上，通过气象报告，预知前方的海面上有一个巨大的暴风圈，正向你的船袭来。请问，以你的经验，你将会如何处置呢？”

老船长微笑着反问发问的人：“如果是你，你又会如何处置呢？”

问者偏着头想了想，回答道：“返航。将船头掉转180度，远离暴风圈。这样应该是最安全的方法吧？”

老船长摇了摇头道：“不行，当你掉头回航，暴风圈还是迎向你的船；你这么做，反而将你的船跟暴风圈接触的时间延长了许多，这是非常危险的。”

另一人忙道：“那，如果将船头向左或向右转90度，试着脱离暴风圈的威胁呢？”

老船长仍是摇摇头，微笑道：“还是不行。如果这样做，船身的整个侧面，就将暴露在暴风圈的肆虐之下，增加与暴风圈接触的面积，结果更加危险。”

众人不解，问道：“如果这些方法都不行，那究竟应该怎么做呢？”

老船长肯定地说道：“只有一个方法，那就是抓稳你的舵轮，让你的船头不偏不倚地迎向暴风圈继续前进。唯有这样做，才可以将船与暴风圈接触的面积化为最小；同时，因为你的船与暴风圈彼此的相对加速度，还可以减少与暴风圈接触的时间。你将会发现，很快地，你已经安然冲过暴风圈，迎接另一片充满阳光的蓝天。”

众人听到这里一阵沉寂，不禁为老船长的智慧所折服。

自立妙语

钢是在烈火和急剧冷却里锻炼出来的，所以才能坚硬得什么也不怕。航船敢于直面暴风雨的挑战，才能平安返航。同样，我们的一生中也不可能永远是阳光明媚，只有“让暴风雨来得更猛烈一些”，才能使我们的翅膀磨砺得更加坚硬，我们也才能飞得更稳更高。

文 张 敏

看，暴风雨是一个筛子。胆子小的，思前想后的，都被它筛了下去，留下了最有胆识和最不怕吃苦的人。